中国好诗

第一季

汤养宗

著

去人间

中国青年出版社

汤养宗 曾服役于舰艇水兵部队、从事过剧团编剧、电视台记者等职业。写有长诗《一场对称的雪》《危险的家》《九绝或者哀歌》《寄往天堂的11封家书》等。出版诗集《水上吉普赛》《黑得无比的白》《尤物》三种。曾获福建省政府百花文艺奖、人民文学奖、中国年度最佳诗歌奖、《诗刊》年度诗歌奖、储吉旺文学奖、《滇池》文学奖。本诗集2018年获鲁迅文学奖。

"你在和谁说话"

霍俊明

　　面对当下诗人"自说自话"的场面，我想对汤养宗说的是"你在和谁说话"。

　　在2013年京郊的暑热中我与汤养宗第一次见面。那正是七月下旬的北京，酷热难耐。我带着刚刚打印好的还留有余温的汤养宗的诗歌与一位南方的诗人挚友前往远郊。车子艰难地穿过烦扰的北京街道，而车窗和诗歌暂时隔开了这个无比熟悉又无比疏离的城市。汤养宗缭绕过来的香烟的雾缕增加了胜似夏天的烘烤。而我也得以在接下来的日子通过这位有着"立字为据"使命般的诗人感受其文字的体温。同年十月，我和汤养宗在绍兴第二十九届青春诗会上再次相聚。那时的江南正在一片烟雨迷濛之中。此后，我们穿着古式的衣服在兰亭曲水流觞，在乌篷船上听江南夜雨，在面红耳赤中喝绍兴黄酒，在沈园的双桂堂流连于惊梦无声，在鲁迅的故园看不晓得名字的鸟儿吃桑葚。那时，二十一世纪的新江南竟然有了些许古人的味道。可惜我们只能生活在当下，尽管我心安处即故乡，可是生活在当下的每个人似乎都心生不安，甚至还有莫名的惶恐。

2014年的春天，又是连绵的江南雨。我在诗人徐迟的故乡南浔古镇翻看一本民刊。突然汤养宗的诗跃到眼前。我觉得，这就是诗人的因果和诗歌的命运。当汤养宗从闽东霞浦寄来他的诗稿时，我再次读到了一个当代诗人的"老旧"之心——他指向语言，指向自然山水，更指向了一个时代焦灼尴尬的诗歌精神。"来到兰亭，四周的水就开始低低的叫／地主给每人穿上古装，进入／永和九年。我对霍俊明说：我先去了／请看好留给你的诗稿，今晚再交盏时／我来自晋朝，是遗世的某小吏／他们也作曲水流觞，一些树木／跑动起来，许多蒙面人都有来头／对我的劝酒，以生死相要挟，意思是／不抓杯，难道等着抓白骨／当我低头看盏，你发现，我的双眉／在飞，当中的来回扯，许与不许／让人在群贤里左右不是。"（《在兰亭做假古人》）这些文字中的"蒙面人"实际上正是诗歌的秘密。也就是说，汤养宗正在对这些"蒙面人"说话。由此我注意到汤养宗的诗歌不仅有很多寓言化的日常性细节，有着超拔的想象力和文化底蕴对日常经验的处理，而且他的诗歌中有着关于自然山水和新人文气象的精神质素与情怀担当。应该说，汤养宗是当代诗人中少有的具有现代性和"古人"风骨含混气质的。当然，这一切都是建立于特有的语言方式和精神方式。汤养宗的诗歌并不缺乏"现实感"和现场意识，但是他显然对此并不满足。他往往把我们熟悉的日常悄然地还原到另一个空间，那里有着这个时代久违的精神气息。甚至这使我着迷。在汤养宗写作兰亭的那首诗里，我再一次在一个诗人身上发现了穿越不同时空的存在。应该说每一个具有重要性、方向性的诗人身上都有着不同的诗人形象的叠加。他们相互发声，彼此争吵，不断磋商，不断在一个人身上显现另一个人的身影和灵魂。

"中年"的汤养宗长着一颗诗歌的"智齿"和"第十一个指头"。这颗带有不合时宜色彩且带有寓言性质的"智齿"打开了特殊的精神脾性和写作可能。正如诗人自己所说"我写下的字／已看住我的脾气"。在我看来这颗多余的"智齿"不仅与一个人的中年状态有关，与智性的深度和机警有关，也与身体和内心发生的诸多不可更改的无奈和尴尬有关。在诗歌精神和写作层面，这颗"智齿"似乎还代表了写作过程中的平衡和不平衡因素之间的博弈和胶着关系。这个时代已然没有一个"绝对的词"能够获得共识。在一个诗歌写作和评论全面放开又丧失了公信力、辨识度的全媒体时代，我们迎面相撞或者需要解决的事物是如此乱花迷眼。这使得更多的诗人将视角转向日常化的当下境遇以及内心渊薮。他们极其认真、精细、彻底甚至不留半点情面的自我挖掘与自审意识使得诗歌带有了深深的个人精神的印记。与此同时，这还远远不够！诗人在一个全面拆毁又看似奔跑向前的时代还必须在那些时代的"废弃之物"上重新发现暧昧而隐秘的历史和当下的榫接点。说实在话，新世纪以来中国诗坛众多的诗人形象是极其模糊和暧昧的。在精神事实和词语现实当中我们能够反观新世纪以来诗歌写作远非轻松的一面。对于地方性知识和废弃、弃置之物的寻找实则正是重返自我的过程，而吊诡的是众多的诗人都集体加入到新时代的合唱当中去——他们企图扮演文化精英、意见领袖、屌丝代言、全球化分子、自我幻觉、中产趣味、底层伦理、政治波普和江湖游勇。他们在不自觉当中充当了布鲁姆所不屑的"业余的社会政治家、半吊子社会学家、不胜任的人类学家、平庸的哲学家以及武断的文化史家"。我在近年来汤养宗的诗歌中首先感受到的是"经验书写"的精神势能以及由此而生发出来的"诗人形象"。由汤养宗诗歌的"经验书写"我想到的是其与"事物之诗"之间的关系。在1990年代以来的叙事诗学和戏剧性现实的双重影响下，更多的诗人以超强的"细节"和"叙述"能力对身边的"事物"予以绘声绘色又煞有介事的抒写。这样的写作好处可能就是内心找到了客观或虚拟的物象予以对应，其缺陷则是导致了过于贴近原生景观和社会百态的仿写和拟真化写作的泛滥。与此同时，这种粘稠的缺乏性情观照和超拔想象力提升的写作方式正在成为新世纪以来的诗歌"美学"。而汤养宗近年的诗歌则很少有这种"事物之诗"的冲动，恰恰相反，他在反方向中走向了智性探险意义上的"迷人的深渊"。在他那些大量的自陈、内观、寓言质地又具有深层的与"身体"经验和"个人现实感"发生关联的诗歌话语方式正在构成他整体诗人形象中最值得探究的部分。汤养宗无异于在"更高的悬崖那里"寻找一种与危险同在的语言方式、精神体操以及带有一定形而上意味的思想平衡术的操练。正如《悬崖上的人》一样，那黑暗中森森陡立的悬崖以及崖边倒立、腾空翻的"修习者"的勇气、冒犯、自毁的冲动都得以让我们遥想到历史和现实空间里那些互文性的文本与精神探险者们紧绷的面影。这种写作精神在《立字为据》一诗中有着继续的延伸——"我立字，相当于老虎在自己的背上立下斑纹／苦命的黄金，照耀了山林，也担当着被射杀的惊险。"文字的立法者，精神的修习者。这样的精神图景已经在当代汉语诗歌景观中久违了。而我想，这正是多年来汤养宗诗歌修习的一个恰切的精神图景与内心提请的个人寓言。对于很多"资深"写作者而言，写作的"危险性"与语言的"冒犯精神"显然多少成了惯性中被忽视的部分。更多的诗人是作茧自缚而非化蛹成蝶。

汤养宗近期的诗歌越来越叠加出一个"中年写作者"的身体和精神的双重焦虑的映像。《光阴谣》以及近期完成的长诗《举人》等关涉时间之诗已然不是舒缓可人的谣曲，而是一变为巨大的空无和日常图景中百无聊赖的"忙碌"之间的精神往返与尴尬无地的状态。尽管中年的暮色刚刚拉开帷幕，但是诗人却提前领受了无尽寒意——"赦令终于要传来，棺木也早已有人在打造／这是我早就准备好的问题：我终于等到要被谁吃掉。"在诗人的两边同时响起两种声音：一个是提醒不断精神向上的先知，一个则是不断拉坠到毫无意义又漏洞百出且欣然领命的人世之声。然而诗人正处于两个声部的长久的拉锯战中，而两个声音任何一个的放弃都可能使得诗人的精神存在产生偏激性的爆炸和自我摧毁。耽溺于精神幻想和沉湎于日常犬马显然本质上是同一条道路。正是由于对生命诗学和诗歌美学的长久思忖，汤养宗的诗歌中一直容量了向上和向下的两条路径。它们经常缠绕和撕扯、扭结在一起，你已经无法将它们剥离开来分别审视，比如《黑蜘蛛》。因为作为一个生存的个体以及写作中逐渐形成的"诗人形象"而言，他们都是一个充满了基色和变数的复合体。

值得注意的是在"中年之暮"里诗人以忧悒和无奈甚至戏谑的方式在诗歌中不断出现和叠加着互文意义上的"身体性修辞"。《光阴谣》《一把光阴》《向时间致敬》《戏剧版》《春慵好睡帖》等这样的修辞方式更为真切、直接、可靠和带有体温地呈现了某种意义上的生命诗学。就汤养宗诗歌中的"身体空间"，我们先来做个统计学的尝试！无论是"壮年的身体""身子""身体""一堆肉""大大方方的情欲""燃烧的嘴唇""颤抖的双唇""牙齿""小腹""胯下""睾丸"，还是不断出现的"手""双掌""手指""指头""十指头""十个指尖""第十一只手指""第十一个指头"（"十指连心"？）都回应了写作精神的一个本源性的焦虑和冲动——身体。"道成肉身"成了常识。具体到汤养宗的诗歌而言则是"诗成肉身"。至于汤养宗诗歌还时时呈现的"羽毛"和"飞翔的欲望"也必然是诗人在俗世生活中自我精神提升的一种方式。这种"向上"的个体精神乌托邦的力量在他多年的诗歌中一直存在，带有秉性难移的"执拗"。这体现在诗歌技艺上也是如此。汤养宗的这种拒绝了大多数读者的"精英"式的写作方式无可厚非，当然他近年的诗歌写作在这一方面也做出了适度的调整与校正。汤养宗诗歌中的这种自我戏谑的方式实则也是作为一种提请乌合之众的有效手段，比如"因为经历过真正的男盗女娼，／面对市井上奔走的男女，已经看也不看"这样的"自我贬损"或"自我诋毁"的叙述姿态很少有诗人能够做到。因为更多的诗人是有意识地在诗歌文本中塑造一个完美、高尚和纯净的诗人形象。然而这样看起来无懈可击的诗人形象是极其脆弱和可怕的，因为这种带有强烈的伦理化甚至道德感的自我美化无形中不仅会障人眼目，而且还会使得道德化的倾向影响到某种文人传统和写作惯性。而汤养宗的诗人形象是真实的，这来自于他不断的向内心渊薮的挖掘与探问。里面有光芒也有阴影，里面有纯净也有秽渍，里面有贪念也有释然，里面有情欲也有克制。如此对立的身体和内心正是真正意义上的产生可靠性诗歌话语方式的有力保证。所以，当汤养宗的诗歌中出现"神经兮兮""情欲""病人"以及"刺目而庄严的光芒"等这些伦理学意义上对立并指的词时，一种"真实的诗学"已经诞生。诗歌写到汤养宗这样的年龄必然会滋生出写作的焦虑感，这在其《试着在三十年后读到一首汤养宗的旧作》中有着代表性的体现。"三十年后"，时间无情地砥砺和销蚀是如此可怕而不可思议。这种焦虑既是对时光的追忆和已逝的曾经的自我的扼腕，也是对不同时间节点上不同的"诗人自我"、情感状态以及语言和"手艺"的再次打量与拷问。

写诗有时候也不得不"以毒攻毒"，亦如做人——"明知道自己有一肚子毒水，却就是不能了结了自己"，"暗中提鞋，边上放尿"。当"和尚"口中的穿肠酒肉与"常人"嘴里的豆腐和白菜无异，当"毒药又变成清茶"，这显然是大境界。而对于汤养宗诗歌而言，不可吞食但不能缺少的月光和腋窝也满布芳香的少妇般的欲望同样是必备之物。汤养宗不断将一个极其复杂又一以贯之的矛盾的个体推操出来。他会抽取身体的某个部位或空间，或者将一些物件填充到体内，让这些多余和必备之物互相较量和博弈。这个在诗歌中长着"十一只手指"的人必然是一个在诗歌趣味和思想禁区的反常规者、冒犯者、忤逆者。这种特殊而悖论性的精神脾性使得汤养宗的诗歌会同时出现《我们原始的姿势》和《一个人大摆宴席》这样的两个方向的极端文本。汤养宗诗歌写作中所呈现的诗歌技艺以及话语方式是不乏现代性以及一定先锋精神的实验性的，但是可贵的是他的诗歌也呈现了向古典诗学传统和文人精神致敬和追挽的方式，比如《岁末，读闲书，闲录一段某典狱官训示》《元月十六日与胡屏辉等啖狗肉，归时遇小区母狗躲闪，札记》《过半百岁又长智牙帖》《辛卯端午不读屈原读李白》《春慵好睡帖》等诗。这样的诗歌形制很容易一不小心就堕入前人后尘而遮掩诗人的"现代"个性，而汤养宗的这些诗歌却是时时贴近现世精神和个人体验与想象方式的。其中最令人叫绝称快的是《元月十六日与胡屏辉等啖狗肉，归时遇小区母狗躲闪，札记》。这首诗真正做到了极致状态的诗歌的"第三只眼"。无论是诗歌的结构和肌质、个体的精神状态还是似真亦幻的寓言白日梦的氛围以及吊诡的现实感景观的介入，这首诗都足以堪称近年来诗坛少有的优异之作。汤养宗的诗歌不乏当下体验且具有现实感和寓言性混成的质地以及个人化的历史想象能力——"好像几个朝代终于合在一起做相同的事／那些不是花的东西正发出花开的声音"。当然个人化的历史想象力也要有个限度，比如《西施》这样的诗会让人会心一笑并且有阅读的快感，其中也不乏就此提升拓展开的具有历史感寓意的空间，但是未免会有个体想象过度膨胀所导致的"失态"甚至某种程度上的"油滑"——"'在我的身体里，吴国和越国不过是两条阴茎。'／'这是个好比喻。那么以你的感受，谁更坚挺与泼皮些。'／'面对敌我两种关系，你是否也激荡过类似偷情的欢愉？'"。

汤养宗诗歌中的互文性值得关注。其中"竹篮打水""在一条无名河上洗炭""跑来跑去的一棵树""第

十一个指头"的反复出现正凸显了诗人内心主导性的
精神图景。无用、徒劳是人生常态，而这也是希西弗
斯式的命题。徒劳无益是常识，但是到了汤养宗的诗
歌中则是"徒劳"的命运和精神缩影亦成为一种"有益"
和"有效"的话语方式。汤养宗的自我探问和精神挖
掘方式让我不由想到的是鲁迅的《墓碣文》那样透彻
骨髓又无比洞彻了虚无和生死的颤栗性文字——"于
浩歌狂热之际中寒；于天上看见深渊。于一切眼上看
见无所有；于无所希望中得救。……抉心自食，欲知
本味。创痛酷烈，本味何能知？痛定之后，徐徐食之。
然其心已陈旧，本味又何由知？"正是在诸多的矛盾
体共生搅拌所形成的漩流里，在被毒蛇缠身的寒冷、
无望和颤栗中，汤养宗诗歌以自剖、省思、内观的方
式对时间和存在的命题进行了当代诗人少有的决绝与
犹疑并存的分裂式的抒写与呼应。

　　面对这颗"中年智齿"，诗人是选择拔掉还是让
它继续发挥"特殊癖性"的命运？我想到的还是那个
长着"第十一个手指"在悬崖边练习危险的倒立、翻
腾术和平衡术的"不合常理"的人——如此触目惊心、
唏嘘感怀又有不可思议的僭越者一样的坦然、胆量和
冒犯精神。

2015 年夏于北京

中国好诗

第一季

目录

第二辑　长调

第三辑　去人间

中国好诗

第
一
季

去
人
间

中 国 好 诗

第一季

· · · · · · · · · · · · · · · · · ·

去人间

第一辑

· · · · · · · · · · · · · · · · · ·

在人间

· · · · · · · · · · · · · · · · · ·

· · · · · · · · · · · · · · · · · ·

房卡

在东方，人与万物间的隔阂其实是光
现在，这把房锁正在阅读我手里磁卡上的密码
当中的数据，比梦呓更复杂些，谁知道是
怎么设置的。结果，门开了
相当于一句黑话通过了对接，一个持有
房卡数据程序的人，得到了
幽闭中凹与凸，因与果，对与错的辨认。
里头有个声音说，不要光
这里只凭认与不认。但黑暗
显然在这刻已裂开。这显得有点不人间。
许多人同样不知道
从这头通向那头的事并非是人做的事
它"嘀"地一声就开了，并不理会
开门者是谁，并不理会这个人就是诗人，以及
他打通过无数的事物
命活与命死只凭那些数据
只凭约定好的呼与吸，隐与显，拒与纳
它不信别的

2011.6.20

父亲与草

我父亲说草是除不完的
他在地里锄了一辈子草
他死后，草又在他坟头长了出来。

2011.2.28

人有其土

人有其土，浙江，江西，安徽，湖南，广东，江山如画
更远更高的，青海，云南，西藏，空气稀薄，天阔云淡
北为水，南为火。我之东，是一望无际的太平洋
祖国是他们的，我心甘情愿。
只收藏小邮票。和田螺说话。转眼间把井底青蛙养成了大王。
在故乡，我常倒吸着一口气，暗暗使劲
为的是让我的小名，长满白发
这多像是穷途末路！令人尖叫
现在还爱上了膝关节炎，用慢慢的痛打发着漫无经心的慢

2009.3.28

断字碑

雷公竹是往上看的，它有节序，梯子，胶水甚至生
　长的刀斧

穿山甲是往下看的，有地图，暗室，用秘密的呓语
　带大孩子

相思豆是往远看的，克制，操守，把光阴当成红糖
　裹在怀中

绿毛龟是往近看的，远方太远，老去太累，去死，
　还是不死

枇杷树是往甜看的，伟大的庸见就是结果，要膨胀，
　总以为自己是好口粮

丢魂鸟是往苦看的，活着也像死过一回，哭丧着脸，
　仿佛是废弃的飞行器

白飞蛾是往光看的，生来冲动，不商量，烧焦便是最
　好的味道

我往黑看，所以我更沉溺，真正的暗无天日，连飞蛾
　的快乐死也没有

2008.4.15

一个人大摆宴席

一个人无事，就一个人大摆宴席，一个人举杯
对着门前上上下下的电梯，对着圣明的谁与倨傲的谁
向四面空气，自言，自语
不让明月，也决不让东风
头顶星光灿烂，那是多么遥远的一地鸡毛
我无群无党，长有第十一只指头
能随手从身体中摸出一个王，要他在对面空椅上坐下
要他喝下我让出的这一杯

2009.8.18

盐

那牧师对我说：圣经对我们的提醒
就是盐对味觉的提醒。千声万色、众口难调的人世
只有盐在看住我们贪吃的嘴巴。
而我村庄的说法更霸气
某妇煮白猴在锅里，本地叫妖，妖不肯死，在沸水中叫
她撒下一把盐，像一个朝廷水落见山石
沸水安静了，没声音了，锅里的肉与骨头，都有了去处
我的村庄说："盐是皇帝的圣旨。"

2009.10.16

醉乡往返录

去人间

手持一张返乡车票的人，坐在我边上
一再提醒我，到了月亮要叫醒他
我说这车到不了那里，他强调票上写的就是月亮
这个迷幻的断肠人，说要去打理一份祖上的家业
另有三万匹野马要带回

2014.7.8

穿墙术

我将穿墙而过，来到谁的房间，来到
君子们所不欲的隔壁
那里将飞出一把斧头，也可能是看见
锈迹斑斑的故乡，以及诗歌与母亲的一张床
担负着被诅咒，棒喝，或者真理顿开
我形迹可疑，却两肋生风
下一刻，一个愚氓就要胜出
鬼那样，又要到了另一张脸
而我的仇人在尖叫："多么没有理由的闪电
这畜生，竟做了两次人！"

2006.7.29

劈木

木柴劈开后，我看到了两面相同的木纹
我说不对，把自己的双掌合起，又张开：它们的纹路
并不一样
两边手出现了各自的眼神，说明我远不如一棵树
说明掌心中有两个人，说明我的手
右边做事，左边并不知道
我又把它们贴在耳边交换着听，希望能听到
不同的说话声
一整个上午，我劈，再劈，拼命地劈，我发疯般想证实
是不是只有用刀斧劈开的，才是统一一致的
比如两片嘴唇闭着，一开口就出错
比如我的手掌心，左边并不听右边的话

2007.10.23

光阴谣

一直在做一件事，用竹篮打水
并做得心安理得与煞有其事
我对人说，看，这就是我在人间最隐忍的工作
使空空如也的空得到了一个人千丝万缕的牵扯
深陷于此中，我反复享用着自己的从容不迫。还认下
活着就是漏洞百出。
在世上，我已顺从于越来越空的手感
还拥有这百折不饶的平衡术：从打水
到欣然领命地打上空气。从无中生有的有
到装得满满的无。从得曾从未有，到现在，不弃不放

2012.5.30

虎跳峡

因为虎跳峡，大地有了单边。有了纵情的一跳
我们被约，去死，死于够得着与够不着
像你对这里的阅读，死于从这个字到那个字的
偏头痛。裂开的跌宕，以悬空喝斥活人
永远的另一半，在山崖那边，用手不能量
你去不去，或者拿命来？狂风大作的手感，空气中的空
站在虎跳峡的人，已闻到身体
被烧焦，两肋生烟，被神仙惊叫
要去飞，要对对面的人间说，我来自对面的人间
我不是你，不能叫一只猛虎来重新跳一次
这里，工于论道的山川从不问路，只问够得着与够不着
只问为什么非得去那生死不明的
另一半，拿命来扑过去的另一边

2011.3.6

中国河流

我祖国的大江大河全部向东，选择向东，习惯向东
七拐八拐，想着法子也要向东
像我父亲的二弟，我爷爷的三子，我们家里兄弟姐妹
　　习惯上
冠以昵称的憨叔，执拗，不管，也不商量
在东边干活要绕过城门。西边干活
也要绕过城门。北边与南边，也是。仿佛不这样
就走不出村子。不这样，也回不了家。那双腿，我们
　　说是神腿
像殉情，殉道，殉节，领自己命
像道地球的敕令。一句魔咒。像俚语，八匹马拉不回
像歌里唱的因果，那秘不宣人的掌纹，写着我的路径
只有另一条大河，几乎垂直向下。澜沧江
世界第九长河，亚洲第四长河，东南亚第一长河
云南诗人雷平阳和于坚多次敬重地写到它。我曾坐汽车
一路追去，心存狐疑，在西双版纳傣族自治州勐腊县
终于泪水喷涌，望河兴叹
后才知并不是这样。在境外，它立即梦醒般，犯错般，
　　浪子般
掉过头。经老挝，缅甸，泰国，柬埔寨，越南
又一路向东。向东。向东。汇入在，南中国海

2013.3.7

大年

我这里，大年有百忌，忌诳语，忌秽物，忌铁器
忌锋利的东西，与活命反方向的一切
万物有门，实门与虚门，生门与死门
这一天，日出事大，出门事大，想象中的老虎
与它所嗅到的蔷薇，也事大
这一天，大家都是羞耻的，为具有
人的形体而惊慌，有人祷告自己不能死
有人反问自己为何还活着
有人看见大摇大摆的日出，每天都是复制品
而铁器们都蒙着面不肯锈去，仿佛它们蒙着脸才事大

2015.3.3

岁末，读闲书，闲录一段某典狱官训示

别想越狱，用完这座牢房
我就放人。
别想还有大餐，比如，风花和雪月。你的大餐就是这
大墙内的时间。夜壶装尿
装天下之尿，进进出出。看见天上飞鸟
也别想谁有翅膀，谁飞出了自己的身体？
别问今天是哪一天
石缝里走的都是虫豸，春风里走着短命的花枝。并且
　　层出不穷

2012.1.13

在人间，我已经做下了许多手脚

你们享用中的这场春雨，暗中已被我做过手脚
你们为之津津乐道的这些好景色，也是
许许多多，你们看到与没看到的
爱上的与尚不知如何去爱的，甚至在想来想去之后
已经不去恨或恨不起来的，都经我做过
我闲不下来的这双手，总是执拗地在空气中
比划着什么，搬运什么，修修补补些什么
我念念有语，对什么说，请靠左一点
又对什么说，请靠右一点。像多嘴婆，更像那个
再没有明天的杞国男人。絮絮叨叨中
我一次次穿梭于有无之间，祈愿，点石为金，做过后
许多事真的就好了。我说，这全是我全是我
而那有点多与有点少的，已不再吱声
当然，也漏下了什么。包括来不及或没法变过来的
比如又有人正在被杀头。比如狰狞。比如附近又传来了
吼叫。比如，我至今无法降伏，那只想象中的大虫

2013.2.15

平安夜

窗前的白玉兰，身上没有魔术，今夜平安。
更远的云朵，你是可靠的（说到底，我心中也没数
并有了轻轻的叹息）未见野兽潜伏，今夜平安。
云朵后面是星辰，仍然有恒定的分寸，悦耳，响亮
以及光芒四射的睡眠。今夜平安。
比星辰更远的，是我的父母。在大气里面坐着
有效的身影比空气还空，你们已拥有更辽阔的祖国
父亲在刮胡子，蓝色的。母亲手里捏一只三角纽扣
那正是窗前的花蕾——今夜平安。

2005.12.27

无望

肉身上总有几处是好风水，反过来
也有几处坏风水，有时我会用手电筒
一再射向天空，以为这样
就能照见谁的裙裾，有时站在街边
对空气嗅来嗅去，坚信能嗅出
某某某路过时，留下的几缕体香
我是个人间惆怅客
爱着我的诗歌，明知这没有什么好结果
仍感动，它给了我今生一事无成的欢乐

2014.9.28

我想去天堂一趟

之所以要这么急于来一趟天堂，我是想
证实一下，某某与某某是不是真的到了这里
另一个人的口音是否略有修正？他那
执拗在嘴上的小语种。抱着
我们所要的价值，那哑巴
终于与人握手言和，开始说话？拜石为师
的人，是不是得到公正的名号
那些士，替真理各执一词又各自死掉
已坐到一张桌子上喝酒？如黄河水清
终于，蛇走蛇路，牡丹想开花就开花，无路
可走的汉，身上已长出穿墙术？最要紧的
是那个被诅咒下地狱和下油锅的人
有没有通过谁的关系，也混进了这地方

2015.1.6

雕花的身体

我一定有另一具身体也是雕花的，也有
你现在展示的牡丹，燕雀，与流水
争夺地盘的香气，边上纹上的小字
明码标价地，说这身体一直想做点什么
但它在另个朝代，另个朝代的
男女或几朵无名火，曾争相为之浮动
某家酒肆，大争之世的小酌之时
它们一一袒露过，楼下徘徊的哑巴
占卦的人，在辩论这张人皮
说不出与必须说出的幽恨与凶险
独眼的左撇子，则一语道破
隐藏于我脑勺上的反骨及主张
说我前世是狮子的表兄，兽性时显时隐
脚板上带有尖甲的利爪，用于
此世界与彼世界交叉的迂回与蹚踏
就像现在的我，还能一一列出
唐代的发簪以及带有暗香的明朝绸衣
这是错的，这出于另个人臆想中
模糊视听的污点，他不是我，但我会查看
自己的小腹，大腿内侧，腋下附近处
可疑的蛛丝马迹及遗世的话柄
而岁月横飞一通，我想抓住自己
抓的是一把气味，成为凭空捏造，却又
似是而非地重叠着花影，没有谁

仍是冰雪之体，狐狸或者山魈
依旧没完没了地出没于我身，我们
称兄道弟，或像娃娃吃豆，或又猛士吞牛
我计较着谁的旧朝廷，又欲辨已忘言
虽无家可归，却紧紧看守这身花朵
留取痕迹，也不计较身份的合法性
证实了我繁复活过的脾气，多么不让
与不管，又来回穿梭于你们当中
让你们起哄，终又归于沉默
天下少了我一人，便无花可看
这具身体一直名花有主，只有一些
遁世的花朵，还在气绝地叫喊着我的小名
浮现与不浮现，辨认与无言
今天我远远看着谁，一再地在空气里
嗅来嗅去，嘴角上仍带有那份不屑

2014.11.1

没事做

没事做。一男一女在各自的屋檐下剪纸人
也没事做。一个叫无日的小沙弥
暗暗思念着一个叫无月的大师姑
更没事做。苦楝子树一整夜在兜圈子
想要跑进合欢树的身体中
我也没事做。在河水里洗木炭。对一块石头
喊了三四天的名字。人与名换来换去
其中有一两次，听见谁应了半句，或者一声

2015.2.13

红豆诗

前日晨起，研墨重抄红豆诗，旁批：
赠心中的那个子虚乌有人。
借南方一隅，登高，望云，认领自己的自以为是
昨夜酒醉，又写下：去圣城。或者去荒域。
这就叫一而再。一个人愿意痴迷地
在同一块石头上让自己被绊倒多次
多么假的地址，骗着远方的谁同时骗自己。
我不是百足虫，又能去哪里
每天用假腿跑步，假的塔，假的桥，还假惺惺说
我若不来，你千万别老去。

2014.6.26

悬崖上的人

他们在悬崖上练习倒立，练习腾空翻
还坐在崖边，用脚拨弄空气，还伸出舌头
说这里的气温适合要死不死，比虎跳峡上
那只虎，更急于去另一个人间
另一个人叫波德莱尔，在"恶之花"中
这样写：明知炸药库凶险，偏要在边上
点上一支烟，那时还没有行为艺术
但找死，死一回，是人共隐隐作痛的冲动
有更高的悬崖同样在我的言说里，其险更绝
胜过在炸药库里耍火种，我也
倒立于崖顶，在那里试一试冷空气
我的决绝九死一生。那迷人的深渊

2013.7.20

在兰亭做假古人

来到兰亭，四周的水就开始低低的叫
地主给每人穿上古装，进入
永和九年。我对霍俊明说：我先去了
请看好留给你的诗稿，今晚再交盏时
我来自晋朝，是遗世的某小吏
他们也作曲水流觞，一些树木
跑动起来，许多蒙面人都有来头
对我的劝酒，以生死相要挟，意思是
不抓杯，难道等着抓白骨
当我低头看盏，你发现，我的双眉
在飞，当中的来回扯，许与不许
让人在群贤里左右不是。"不逍遥
就喝酒。"半醺的人中，我被树叶越埋越厚
用铲扒开，便看到王羲之的第一行字
"真是个不死的人。"有人在夸我
可我的寂寞也是天下第一行书，在老之
将至，与并无新事之间。我是日光下
善于作乱的影子，多出或少掉，都是自虐
对命无言时，也会仰观宇宙
与俯察品类，把活下去的理由
看作暂借一用的通道。当你们把我带回
别怪我来去无常，只怪这里太让人
不知死活。而这次，走的有点远
来来来，咱也写下一些字，他做序
咱作跋，证实经历了一截生死不明的时光

2013.10.23

八哥考

八哥鸟分铜脚与铁脚的。像来自我的
云南印象和阿里山印象。若论出身
一只显然是挖煤工，另一只刚走出金矿
我和几个朋友间的脾气已经越分裂
越厉害，争论一方域名时
常常因"鬼国"抑或"鬼山"欲罢不能
最后统一于反正先得有鬼，而后才有别的什么
时空乱飞一通，没有谁应该对谁负责，在飞的
无非是你说的什么鸟与我说的什么鸟
中学时期我也与同桌的
各养有一只黑脚八哥与黄脚八哥
它们后来都学会了一句汉语
一只说："黄的是金"
另一只也会说："黑的是铁"
我走南闯北，怀揣自己的小语种，也与人谈起
有的事就得偏听偏信
哪怕是身体中同时长有不同小脚的忧伤

2015.2.16

私生活

抠着鼻孔，天大地大地与谁谈笑风生
须臾间，想到某人身上一块胎记
一畦菜地，几封用蓝墨水写的旧信
还有锁骨上的饭粒和汤汁，都是私生活
私生活可以随便提刀，使用火药
用土造的指南针，去南山伐木
再造一艘小船，赴遥远的仙山
或抚弄一节指头，它可以点石为金
在空气中拨弄几下，就以为
人世里错位的什么，已经被拨乱反正
下雨的日子，身体继续慢下来
想起谁还在路上，纠缠于大路小路
及人道王道，布衣上错扣着一粒衣扣
像一贴来得及或来不及的草药
而我养在木罐中的小虫，正慢慢
变好变坏，长出恰好能滋养小命的毒
这些事经我一想，两鬓就有春风拂过
五十岁仿佛就是一天，可事实是
我又不得不加入你们的大生活
坐在公共汽车里听人骂人，一听到谁又在
骂人，我仿佛每天过的都是骂人的生活

2015.1.9

在电视里观察一条藤蔓绕枝而行

在人间，有些速度必须用极慢的镜头
才能看到它们极快的移动
这条藤蔓正在绕枝前行，带着
小命与鬼主意，一匝又一匝地
使用着谁都看不见的手艺，一个蒙面人
在爬墙，上梁，用传说中的轻功
夺路而去，它边走边长叶，像卸下
鞋子，又像写下新句子，在枝条又分出
另一条枝条的地方，灯盏以外
又出现了另外的灯盏，它愣了一下
目光闪着观察的含义，无论向东或向西
都得有偏头痛，因为这停顿
身体立即赶不上向前的力，一件衣服
已飞离自己，意念中的马匹
正脱鞍而去，那被虚构出来的马匹
它掉垂下来，又赶紧地弓起
在落马的瞬间，骑手再次翻身到马背
当中用了一个词作垫脚，便立即
被内心的宏大与辽阔甩开，像一行字
作下了涂改，这些都是小说的细节
现在被谁打开车灯，让我这个
与小说不想发生关系的人，看到了
微妙的抉择，这迟疑间下垂又向上的
弧线，相当于另一位苦行僧的

小恙初愈，挂在吊环上的人
又做了一次腾空翻，经过一场迂回
重新上路，这个鬼与那个鬼
并没有分手，克制的热血
仍服从于自己攀援而上的秘笈
手脚在做的，似乎来自早有的密谋
其实又常常将错就错，或把命孤注一掷
哦，空气里到处都是迷宫
但哪怕被骗，也不问不管，服从于
这逻辑，躲藏在内心里的那些走兽
才有出头之日，这些不可遏制的精灵
叫魂或叫命，只为了有路可走
空难中差点无命的过客，又回到
薄酒里，春风又在耳边厮磨
秩序依然在这个枝头上，它又要
用上自己的快与自己的慢
它向上的套路，实在多出我的想象
而能去的地方，只有天在看
乱世有如这片林子，借路的人
有猛虎，豹子，也有晚风与猎杀者
你用上一小刀或两指头就会要谁的命
但刀下留人，别害了这条小藤
它的命那么小，腰肢和脖子那么细
甚至不知小脚长在哪里，它活着
靠的是一匹又一匹向上的力，仅仅为了
与谁争夺到那一点点的阳光

2015.1.11

元月十六日与胡屏辉等啖狗肉，
归时遇小区母狗躲闪，札记

有至深的辨认，漆黑，缄言。我也常被人问到
什么是跑来跑去的一棵树，以及在一次
怀人中看到空气里谁的小痣
不要怀疑隔空抓物法，无踪与有踪。清明，小雨
从父母墓地上返回，脸上无端地被溅到
两滴来历不明的血水
我有大谬已无力祛除，也有小恶不能藏匿
元月十六日夜，有深山带来的一腿狗肉
有一帮男女对酒言欢的大餐
回来时亲密的小区母狗见我便远远躲开
我知道有另个死魂灵已被看见，隔着皮肤
是这一个与那一个。我问：你躲什么？被问的还有
三十年前小城的一桩真事：警长天生斜眼
小偷想溜，警长说我长有火眼金睛
看你时就是不看你，不看你时我偏看到了你
谁知道，在看到与没看到之间，他以什么为依据

2013.1.20

古人为什么要在屋顶上放那么多小兽

古人为什么要在屋顶上放那么多小兽？
龙凤、狮子、天马、海马、狻猊、狎鱼、獬豸、斗牛、行什
摆出一副天涯其修远也归囊中的模样
就是不与隐身的谁握手言和
仿佛世界就是他的一家老小
仿佛这般才有天下一宴，一个不能少
又仿佛，我那些才华横溢又抱命鸟散状的朋友，一下子到齐
为了那销魂的酒

2014.12.10

父亲与爸爸绝不是同一个词

父亲与你们习惯叫的爸爸绝不是
同一个词。绝，不是。
棉布与化纤不是同一类东西
原木与纤维板，一嗅就嗅出差别在哪里
听人喊爸爸，我耳畔便响起宏伟的嘈杂声
石头，钢筋，混凝土，当然也有情亲
都可以堆积，成为一座摩天大楼
而我口中的父亲，是一只
领着我在泥土里忙碌食物的蚂蚁
东走西窜中，他突然就走没了
如果你一定，一定要我形容，我的父亲
连抱头鼠窜这个词还不如，但适合
作为我一生收藏的落寂和孤烟。
像我这样一个从小就跟着父亲上山砍柴
半夜就挑着海蛎肉进城贩卖的人
你一定要我跟着你喊爸爸，我喊不来。
父亲在每一个小地方都有小小的叫法
我那里也有一叫，但我查了
所有的汉字，还是写不出具体是哪两个字
我说了，你也听不出我在喊什么

2014.8.22

一块磨刀石

它是石头，一个男人的遗物，不是铁
却有点生锈了，不再有手工
来作僧推或僧敲月下门的东西，久无人
对它试一试一把刀的刀锋
有脾气的铁器们，对它收回了自己的脾气
石面上还留有旧时
摩擦出来的痕迹，想当初
它一磨就出水，霍霍声响，像某种语言
有意在上面慢下来
又有意把力量推上去
作用力与反作用力在当中纠缠不清
男人弯腰，使劲，单从背后看
这个男人是何等虎虎生威
看着它，站在门口的周寡妇就犯愣
多么好的磨石多像一匹失去了
骑手的马，再没有驭手来折腾它
让它狂野地奔跑起来
一块石头，曾那般爱上锋刃的厮磨，一磨就
霍霍有声，一副心甘情愿挨刀子的模样

2014.12.18

私章

你要我在这张纸上加盖印章，无论用左手
或右手，都得将一纸如麻的文字
确认为命中的确认
这等于要我交出自己的反骨，交出我
在世上偷偷反写的姓名
意识里，我一直是你们的另一面
用相反的左边，对决你们的右边
在反方向，隐姓埋名，肉身在石头里
侧转着身，睡成与谁作对的逆子模样
更浑然不觉，像我这样的人，应该把名字
安放在哪一头，才心安理得
现在，你要我现身，这是放狮子出笼
另件事也浮出，一个人的反面，再不能确立
多像是，一颗人头终于落地
白纸上，映出了一滩喷出的血

2014.11.23

最后一根火柴

划亮最后一根火柴，点给
藏在身体中的那个人
这是最后的，兄弟。这一根燃尽之后
你我从此恩断情绝，真正天黑。
多少年来，隔着这座牢狱，罪名，光阴
我一次次摸黑而进，用手中的火
问这问那，问谁在内谁在外
在认与不认之间，错觉中的明处与暗处
盘结着虚实与纠缠。使我，成了我与们
使我的事，成了我与们的事
这根火柴后，我不再来看你
不再有我与们。不再有我的事与们的事
墙内埋着行尸。墙外走着走肉。

2014.8.15

提灯走人

三岔口上，有人正在用抛钱币
取决东走还是西去，有人在看头顶星粒
看了一眼，又要再看几眼
万物置位，无非或南或北，左与右
一样的夕阳，一样的大道，我却是那个
提灯走路的瞎子，我有我的空荡荡，秘不宣人的黑
点着一盏灯，一头走到黑的黑
无法声东击西，也无东方不亮西方亮，也不问一座
朝着我转过来的房子
它转过来有如另一个王朝向我露出阴森森的身板
我轻声喝斥："你又要施展什么魔法！"

2014.10.30

总是一而再地拿自己的自以为是
当作天大的事

中国好诗

第一季

总是一而再地拿自己的自以为是当作天大的事

谢天谢地，总有意外的裂变之力被我找到

谢天谢地，反常理的人没有遭受刀棍

这生中，我已经做成了几件不是人做的事

按街边某个疯子所指的方向

找到了一座金矿，有人用手机录下了我酒醉时

断断续续的梦呓，这些话后来被几家杂志

疯狂地转载，把夹竹桃养成大红大紫的玫瑰

改写过闪电的线条，教会了两三块石头开口说话

有一天，还责令落日分别用三次降落于三个山头

我做这些事时，一直当作天大的事来做

它们都是被落实到位的，更复杂的事，我还在做

2015.2.28

北方的树

南方有嘉木，北方有不可思议的古树
地浑史乱的北方，埋着血气，鬼气，天地之气
这些大树不能摸，不能叫，一叫就叫出谁的名字
变成木质的人，是杀人的人，被杀的人
与死去又再活过来的人，秦根，汉冠，唐叶
都虬枝盘曲，它们被附体，身上有疤痂
作为符号，脖子处，心窝口，脊梁上
处处是闭嘴的嘴，说不出话，但能说的都在
想起司马迁，想起宫刑，我在寻找
一棵树的私处，那空掉的火山口，现已下落不明
秋风又吹人间，丢了命的人，无非是谜底与谜面
夜里有叫不出名的孤鸟来栖息，像蒙面人
说你别管我，我就愿意一对一地活着

2014.6.30

有仙气的人

中国好诗

第一季

他们说他是有仙气的人，身上
有隐遁的金属，比如白银，像戏中谁
接近白云，又同我一样，袜子上
露出了趾丫头，他踩过古桥
自认为石板会偷偷裂开，住房边的蝴蝶
盯梢着来者身上的胎记
仿佛，越不真实的辨认越可靠
看看镜中影，便认定
赏菊不必在篱笆墙边，孤独
也不要做成守活寡妇的样子
隔窗听雨或抱树同眠
必有人是为了自以为是的顺藤摸瓜
可真正的沉溺，无藤可顺，也无瓜可摸
那天访他，手机没了信号
用导航仪，查无此地。果然是，瓜藤全无

2014.4.22

在这个身体与那个身体间打借条

在这个身体与那个身体间不断地向人打借条
这个身体是谁，那个身体是谁？不知道。
我一再说：孤掌难鸣，孤掌难鸣
可你的也是我的，我的也是你的。一块肝
一段肠，一条心脉管，你啊，给不给
不给我也偷着用，不给我也不得不用
我是不讲理的。这首诗也不讲理。上帝说天理每天同在
你不给，谁也用不上你，你想顶着白发当个寂寞的大王？

2015.2.10

越来越想损坏自己

故意将开水瓶的塞子拿掉，为的是
让什么早点变凉，叫人往汤里再加一点盐
保持重口味，保持血压在高处
看动物片，以为那窝小狮子也是自己生的
证明还有另一条活路
饭后奔向卫生间，为的是把刚吃下的那条鱼
吐出来，补上一句让鱼听到的话
模拟着，日子可以再来一遍
对镜子说，看，一只脱光的越露越想装的老虎
我越来越想损坏自己，挖自己的墙脚，给自己
穿小鞋，并乐此不疲与自以为是
对自己的仇恨，做给自己看，使坏，做手脚
沉溺于指鹿为马的生活

2014.4.23

没有针，没有线，没有好视力

没有针，没有线，更没有好视力，来缝补自己肉身上
遍布的裂隙。对，就是他们所说的这破皮囊
要打上许多许多补丁，针从这头扎进，那头再出来
用手捂住漏风口，那里正结冰，或冒火
以延年，以阻截春光一泄百花残，以防肝肠寸断
可是针已找不到，哪怕在找痛，对自己施刑
线也没有，或能替代的戒律，高速公路隔离带，甚至绞索
更没有好视力，用以目击什么叫荒凉与不明不白的春色
我对自己说：真是没法救你，要什么，没什么
看不到裂开的伤口，也说不准疼在哪里
城池正在崩开，守城者呼叫：到处都是痛
我坏了。坏得左右不是。那天，推着爆胎的自行车
一直走，路边有熟人奚落，"干嘛还舍不得扔掉？"

2012.11.1

癸巳春日，思亲感怀

云南的花朵，西安的花朵，重庆的花朵，都已回去
回树上，在枝头笑，说好，终于到家
像他们的唐朝与宋代那样
我回不去。是木板。原先的一家，木之桶，圆形的
兄弟姐妹，肩靠着肩，滴水不漏。那瓦房
理论上，有两圈篾箍。绑得紧紧的。那是我父我母
现在父母双亡。天下有一说：桶箍断，木板散，无家可归

2013.2.8

我一贯的只见树木，不见森林

脾气越来越倔，一贯的，只见树木，不见森林
只见一阵子的夕阳，不见长长的白日
明知沙漏掉下的是一个人的毒药，却依然
当我的和尚，撞响我的钟
许多的汉字，我也只见一些偏旁
另一半，是纷纷逃窜的虫豸
自然也不见你，只见你的诗，诗中要命的一行字
打破砂锅的那天，终于现出了所谓的锅底
我说别急，那被千万人问到底的底
是这一面还是那一面。我还有更残忍的删减法
让大江东去，只认游入大海的小鱼
它们总算落实了自己。但我从不说，那就是活命

2014.8.4

奇怪

多么奇怪的事,我一边做人,一边还在伺候着
自己的文字。多么不可思议
做一个人还要写字。这是糗事
却窃喜暗中藏着一张脸。这也无常,鞋在脚上
脚还在想着另一双鞋。
当我写字,我就是那个多出脚板的人
想起自己就是这人,再读了读
那些被我写下的字,我就偷偷耻笑,铁如何长出了锈
铁反对锈,锈又必然长在铁上
禽与兽是分开的:一个用来飞。另一个必须四脚落地

2014.7.30

一树鸟鸣

一树鸟鸣，叫得我血脉贲张，再仔细听
有些不是花的东西在树上开花了
这是开春时节，我也有点看不住自己
公鸟与母鸟声音都特别颤，一锅豆粒
正在火候中。它们正在做的事我们做不来
树上有貂蝉，也有杨贵妃与西施
也有吕布与嵇康，以及神情黯淡的谁
好像几个朝代终于合在一起做相同的事
那些不是花的东西正在纷纷开花
正一声长一声短地把春天的花腔
美声，民歌，地方戏唱法，毫无节制地
并接在一起，而我这类人也会情不自禁地
摸一摸身上有没有五彩的羽毛
也装出快乐的样子，仿着发出几声啁啾
在咽喉结处，经受一番细心的变调

2012.3.15

鬼的脸

鬼的脸是张什么样的脸，鬼的脸
要洗了又洗？用一张新脸去打败旧脸？小时
母亲的呵斥是："看看你的脸，鬼一样！"
之后，自然是被按到脸盆里拯救
把鬼洗掉，把脸找回来。昨晚我洗了
晨起又再洗。甚至是，到死那天
依然要被人最后一洗，再去别处做人
可我真不是蜕皮的大蟒，从没有
因没完没了的擦洗换来新脸。也不能虚实相换
在繁复的去垢中，被人惊呼，或更为可靠
一再的洗多像一再的说：求求你，给我另张脸
多么吊诡的事，我洗来洗去
还是无法重新做人。还是这张鬼一样的脸

2014.5.25

数肋骨

身体上有一些数字，我永远不懂。比如毛发
我曾经浓密的络腮胡，哪一天哪一时哪一分哪一秒
开始悄悄花白
年轻时我能测算到自己的心跳，现在不行
经常禁不住要狂跳一番。当然，有更大的道理
责令它必须那样跳。昨夜
又用手偷偷摸自己的肋骨，左与右，是与非，姓李
与姓张。却一直，摸不出确切的数字
一些常识性的标记是我此生永远模糊永远关切
又永远心虚的标志
为什么我惊呼自己的身体一如惊呼沦陷的国土
事实是，有些部位已经开始背离我
并暗地里对我做下了手脚
这世上有太多莫名其妙的丧失令人咆哮
昨晚它们就少掉若干个。而我无语
那些无法看住的，一定又打通了让人不齿的幽径

2012.2.29

某年某月某日，致某人

附近有动物园，每天人看动物，人看人。动物看人
动物看动物。像认亲，陌生间没话搭话
还有人这么说：这只猴，多么的通人性
混在人兽混居的尘世，我还有一人未认
某年某月某日，小雨，空茫，十个指尖又布满修辞
我多么想见到你——可不知你在园内，还是在园外

2012.1.26

春节里的手机信息

福建诗人顾老刀发来信息，一组对联，劝世的
第一句说："鸟居笼中，恨关羽不能张飞"
好家伙，关张二人原来是这种关系。两块石头
长羽毛的与长翅膀的都没有飞走的命
下联："人处世上，要八戒更须悟空"
意思是，八戒拿尺，悟空说别量了，我很清楚
量来量去，都得经历九九八十一难
我把这转发给正在喝酒的朋友，用意很空茫
今晚你可以多弄几杯，醉了就没事了
他要我再补上横批，我说就用"酒在瓶里云在天"吧
朋友说不管了，今晚不再回瓶中，去云上

2012.1.24

声声慢

声声慢不是宋代的一个诗人与我的语感问题
不是地道蜿蜒入深，呼吸越来越困难
不是蛇走蛇的路，文字出现别的脚印，不是这些
更没有土匪窝的黑话或晦暗的对接
是我心头的雷声已赶不上上一阵雷声
是这张嘴再难以接近大地的声母。是我再没有
隐身法，扣住谁的五个指头，哪怕在磨牙
那谁也知道我想说出的是什么。
声声，慢。声声必须慢下来。声声地，找到
这阵雨与那阵雨的音节，这片积雨云
与那片积雨云的口与舌。牛羊已被谁
赶走，大地最可靠的声音已不在场，慢下来的
是不知如何是好的时间。再没有谁的声音
在接住谁的声音，许多话都病死了
死在口腔医院。那么，再慢下来，让语言继续变黑
只剩下我对你的手势。只剩下，不知如何是好。

2014.7.23

生命的地图

一只信天翁与另一只信天翁可以保持三十年的
爱侣关系，即使一年不见面
它们的交配权也不会轻易交换给别人
为的是，死了也要爱
非洲王蝶在几千公里的迁徙中，则用了
好几代的性命来完成，蝶变虫，虫变蛹，蛹再化蝶
没有这条性命不是那条性命
半路上，没有谁说，从加拿大南部
到墨西哥往返的路该怎么走，但它们身体里
有一张基因的地图
坚执或者夺路而去，拦也拦不住
每一滴血都有记忆，你的身体也是另一个人的地图
王的女人跟定一个叫花子出走，也有地图

2014.7.21

锁骨

神经质地守卫着身上的一块骨头
相对于周边的老虎，咒语，还有锁喉术
之上是精密的呼吸道，线条优美的下巴
杂草丛生，说明我是荒芜的，扎人的
难以下手，可怜或同情也不接受
之下是不能公开的城府，或者炼狱
通向玫瑰与火焰的路径，文书档案
埋着暗物质，愤怒与法则，清凉的月光
鬼魅们在抱怨，因为一把锁
他们摇头，破城的魔咒已退避
这把锁就叫锁骨，一座朝廷的关键词
只有我的手时常在轻抚这个
有点六亲不认的地带，一夫当关的所在
一个老皇帝与他的神位，壁垒森严
白云上另有六指人，但这里你别动
有多少想掐住我喉结的手，逼近又拿开
或要我吐出这块骨头，蔫着头，口水直流
而来历不明的企图都已被我挡住
因为坏脾气，我已被无数人合理地反对

2014.5.18

上水村

在上水村，我想做一只鸡，一只鸭，而后
被时光之刃宰杀，血又流成
穿过村里的清溪，被一棵小草重新活过来
或者做一块老石头，砌于路边的矮墙
身上布满苔藓，脾气比任何
路过的脚步声更大，说你走吧
我一步不走，却摆脱了你走不出的乱麻
或者是，那棵土地庙前的香樟树
与无数的日头和白云散步谈心
一高兴就落下些许叶子，像经语
也像药片，留给患有自闭症和偏头痛者享用
事实是，我也是过客，露趾丫或藏趾丫
并与人议论到村井深水里，为什么绽开着
与空气隔绝的花，如同秘密的
地下工作者，闭着眼睛也在闹革命
我们开始放下语速，声声慢
绕着石阶走，念小桥流水人家
还随随便便在水草边捡到水鸭蛋，还吃到
汉子们刚舂出的糍粑，这些食与物
开始反问我，你的胃口，这几年在哪里
仿佛每天在我脑子里作乱的互文性
文章从这一头穿过地洞，暗室，古城堡
赶出来的是另一群羊羔与水牛
我们说，该杀的生活，你原来全是形同虚设

不跟你玩了，但还是要被你玩
继续要绕下去的是语言还是小径
当然是一段泞泥的下坡路
一个背着小孩的村妇站在路边一再提醒
"路滑，小心，慢点。"
她开头用畲语，接下来改成霞浦话
想了想，又用半生不熟的普通话，重复了两遍

2014.3.30

春日家山坡上帖

每一次席地而坐，就等于在向谁请安
春日宽大，风轻，草绿，日头香
树木欣荣，衣冠楚楚
而我有病，空病，形单影吊，又无处藏身
无言，无奈，无聊，无趣，像一枚闲章
无处可加盖
草间有鸣虫，大地有减法
坐在家山我已是外乡人，无论踏歌或长啸
抓一把春土，如抓谁的骨灰

2014.2.22

半山妖

郑板桥有好诗：一间茅屋在深山，白云一半
僧一半；白云有时行雨去，回头却羡老僧闲。

我只有三寸硬土。是棵茶，取名"半山妖"
下山近人。上山近仙。在半山，妖得自得。

妖已万法皆空。在白云老僧间听雨，听经，也听鸟
鸟是好鸟，就是鸟语多。老问枯荣事，还提归去来。

2014.1.10

鬼吹灯

我要看到。可手上的火无缘无故灭了
昨晚。冬至。一年最长的夜。鬼回来吃米饺的
日子。生死开合，招魂人走向隐身人
我说借个光，借陈旧的光
让我见上，在另一头重现
依然是血遇到血的不依不饶与不容篡改
可空气里留下火灭后蜡油的气味
闻到了烧焦，粉末，以及指尖以外的那片荒凉
谁在幽暗中说："莫看，我现在很难看。"像禁果。

2013.12.23

致所有的陌生者

所有的陌生者，都藏身在秘密的布袋里
山魈隐显，神明开合
布袋里的玉石姓李或姓张，布袋里
兴许另有一姓，比如我。
平时无事我也会在天地间偷偷鞠躬
放弃积攒在诗歌里的阴阳术
练习眼力，默念萋萋芳草，或者翻看掌心
为的是来一道闪电，把布袋里的乾坤照亮

2013.12.20

偌大的单人房，为什么都置放有
一张双人床

进来睡觉的人，似乎总是还差一个
总是有另一个身体，并不知是谁
在男女混居的年代，睡一半的床
已成为难度，成为孤悬的精神
仿佛这也不是你的床，那也不是你的床
仿佛这具身体早与天下人反目为仇
永远不睡在一起与永远睡不到一起
我们自以为是的身体，一直挑三拣四
不是被另一个身体反对，就是
至今仍拒绝着另一个身体
像我这样一个以白云为命的人
已再没有旧床与新梦，一半的被单
总是完好如初，不取暖，自己抱紧自己
被上帝取缔了左半身或右半身
那么，能不能这样，睡意孤悬的人
我不睡，你也不要似是而非地睡去？

2013.11.8

我出生那年，这世上一些事也发生了

1959 年秋，农历己亥年白露，我出生
古巴那边满地英雄树突然开花，在美国
阿拉斯加和夏威夷则新增为第四十九个州
及第五十个州，证明有些新理念和新地主来了
一只松鼠也要到了名正言顺的树林
这一年国际海事组织顺势开张，多年后
我以一个海洋诗人的面目被人认识
科学家则宣布蓝鲸濒临灭绝，另一边
芭比娃娃开始在市面流行，这很有趣
后来当我写到性，便想起应多交配出蓝鲸
也有人在练口舌，试图让世界打开或去敞
克里姆林宫与白宫展开了"厨房辩论"
事实是，唇上的多维性，到了我这才有点透明
这一切很庞杂，却仿佛因了我才发生
法国导演吕克·贝松也赶在这一年来世
孤僻的探索者，你真会挑日子，关于
明快的节奏与诡异的手段，我们是对双胞胎
而同年同月同日出生的，肯定还有另一个女人
她带着美妙的各种器官拼命成长
为赶来与我相见，但我们没有成为夫妻

2013.9.30

上漆与剥皮

木漆太多，油色太厚，一朝一代的油漆工
似乎对什么都不放过
柱子，横梁，娘子新婚的床，皇帝屁股下的龙椅
这些东西先是雕花，然后再依样上色
使一条凳子无端地高几分，多出来，好像
坐上的屁股就成了老虎的屁股
可时间偏偏不听话，最后又叫木头
露出原来的木纹，甚至是
一棵树又要活过来的样子，让一片树林
依旧回到我们身边不依不挠地呼吸
我老家有句憋噎人的话：不是棺材刷得红
死人就不露出白骨
还有一种酷刑，剥人皮的活，刀工很细
一刀一刀来，划开头颅，锁骨，耻部，直至趾丫片
最后，一张皮做了灯笼，光阴把一个人
包起来的，又全部被挑开，当中的皮色
没有一点丁油漆味，可天下漆工见了
个个面如土灰，有了这些工序
就要到了底细，秋毫毕现，站在边上的人说
剥了你的皮，我更能认出你
另有一说是：你就是剥了我的皮，我还是诗人

2013.9.1

七夕夜，在鼓岭上捉萤火虫
或传说中会飞的火

摸黑赶上鼓岭古堡时，已有三五桌诗人
在喝酒。来捉萤火虫的人，个个
先喝成了里外通透的虫子
接着是读诗，一篇篇，更像是捉虫前的战书
按召集者顾北的说法，诗意就是虫儿，能抓
与不能抓。今夕七夕，山岚里
有是雾不是雾的东西，我也知
这些人太需要抓痒，明暗中的虫子
正在他们身体中作祟，大与小，有与无
虚幻的光影，一抓就是一大把
有人派来妙龄少女与我斗酒，她明说
"本姑娘就是被指定来弄你的。"
埋我的人，想在我项背上再披一层沙土和落叶
我已相当露骨，指着附近柳杉说
三百年前，种树的人也种下了我的魂
莫非，你是那绕树三匝的萤虫，和火
终于要做适合仙人掌才能做的事，一干人被带到
古寨石路捕捉传说中会飞的小火神
烂醉的人往空中一抓，"哦，我逮到一只！"
展开依然是把空气。我断定，一些手
总喜爱在空气里作乱，一些火苗
明与他无关，偏要说，自己已经很烫手
也有放缓的人，边走边说中传递着火或虫
这一朵与那一只之间，带火的人

与带火的虫，互不相认，却明显有翕动的小翅膀
在跑龙套，人与虫火，都忙着
暗地里无中生有，变换身份，或脱胎换骨
谁家藏獒，突然向我们狂声大吠
我说千万别咬我，洒家是来捉萤虫的
那谁说：在它眼里，我们才是一帮贼头贼脑的萤虫儿

去人间

2013.8.15

判词

永远有两个判官
两份判词，石头与豆腐，减法与加法，毒药与凉茶，冰与火
永远有认下与放下，噤若寒蝉，聋了，哑了，无仰，或无俯
五马分尸的一刻
湖南一块，湖北一块，山东一块，山西一块，福建也一块
花岗岩在交换颜色，白云在交换空气，十三中的学生在交换
橡皮擦

2013.8.5

读心术

自从我修成了读心术，我门前
那棵歪脖子树，一夜间竟然由东歪向西了
它懂得，我曾经对它动过杀机

自从我修成了读心术，我门前
那棵歪脖子树，一夜间忽然又长得笔直了
它懂得，我的杀机并没有放下

　　　　　　　　　2013.7.25

最后一击

多么想我也有那最后一击。那个
叫铁板的东西一下子被洞开。空气里
发出彻骨的穿透声。有人
终于承认，事情有了定局
打铁铺里的锤子退避在一旁。看戏的人
曲终人散。投机者，收拾起担子
落寞地回家
正是这一击，跃跃欲试的拳头，在暗处
偷偷松开。躁动的身体再一次
被叫做身体。明月
重新被万家安静地共望
流水清凉，淙淙地淌过谁无邪的梦乡
我又被我的仇敌称兄道弟

2013.7.1

左甘

梦里来到叫左甘的地方，我的魏晋，你的唐
最不讲理的粮食叫月光
女人生出来的孩子，多被取名为
蜜蜂，蜻蜓，或类似的昆虫
人心有道，但树木疯狂地朝左长朝右长，就是
长不到修辞学里，有时，村子里会平地升起
一架飞机，专程去远方
为的是捎去一个口信，或者是云里看看神仙的故乡

2014.9.13

向时间致敬

我从血液里面的可选性与多变性给舌头带来了障眼法
我从身子这一头摸到另一颗星宿给神游带来了障眼法
我从狂乱的点墨残条给整体布局带来了障眼法
我从窑外的碎渣给旷日持久的炼金术带来了障眼法
我从空茫的一声叹息给永恒的暂时性带来了障眼法

2013.5.18

黑蜘蛛

墙角里那只黑蜘蛛，出入于自己的那张网
有时在有时不在。走与守。在时
被我命名为牵挂。不在，叫不了了之
显得人去楼空，呈现着归去来之间的交错感
一件穿也不是脱也不是的寿衣。
我同样是进进出出的，依依不舍的，与心地荒凉的
暧昧愁闷的灵魂问题，有黏性
也左右不是，我凶狠地在当中挖掉的一些字
过后又总是心虚地把它们偷偷送回原地
多出，又少掉。坚执与离开。去生，去死
明知道自己有一肚子毒水，却就是不能了结了自己

2013.5.13

春慵好睡帖

春天好困。睡了还想睡。有人在我身体里
研墨，越磨越浓越黑
同样黑的还有，一叶障目，裹尸布，蜗牛的壳
床边的鞋放在别人的国家
直至摸着身子感觉在摸谁，直至
要拆了四壁，放光来捉虫，狂来用棍
敲打一个人民公敌
在春天，我是名副其实的的一堆肉
血脉里来了个老皇帝
诗歌，情欲，碟中芹菜，遇到莫名其妙的深渊

2013.5.3

我们都有相似的一天

他们说，屠夫将死时，要将屠刀与盛血的木桶
放在床底下，世上自有另一些耳朵
会听到暗处狰狞的吼叫声。他们又说
猎人赴死，则要人在门外仿着狼和麂子叫
很深的魂，要把它哄出来
去林间继续埋伏与冲杀，继续跑得快。他们还说
一棵树枯死，会发生奇特的抽芽，在月光下
或借助风势，有影子从树皮蹦出来
再摄入另一棵树根中。多好的归去来
萝卜得到了萝卜的白，青菜爱着自己的青
各自有安顿，上路，踏上大道或小径
我是诗人，是天生的长跑家，却从未
跑出自己的皮肤。与你们也享有
类似的一天，也遵守这以牙还牙的法则
爱我的人都是灭火器，但一定也是
放火者，唱着歌，把诗篇还给了诗篇，以销毁
时光中的话柄，又像在送一个黄袍加身的人
去别处大摆筵席。我会压着声音
告别：石头终于变轻，请记住这朵走掉的白云
恨我的人也很失落，往后的日子，该拿他怎么办

2013.4.28

癸巳清明，天阴酒浊，浑话连篇

多喝的酒总是在不想喝时喝下。这几天愁闷
身上有鬼气，有点走投无路
心脏已搭桥的三哥，突然要与我拼酒。"桥归桥
路归路。"而我随口编下许多酒令
"一条鬼啊，两个影啊，三更梦啊，四方魂啊"
每喝下一杯就听到身体内
肉与骨头相互打骂的声音
而唯物主义在一旁使劲使眼色，作弹冠相庆状
我又另起炉灶，找上花，找上树，找上
今晚最好能让自己安身的一抔黄土
有师大读音乐的女硕士生突然发话
"看看我的脸，像你记忆中的某个谁？"
她是我闽剧团时代一个女主角的传人，却也是
突然出现的，要把当年的编剧
揪出来把剧情重新安排一遍的叫板者。"全都是无常
全都是影子！"我随之又自虐了几杯
仿佛这样，才会更露骨地点出来谁去谁留
也能把昨天在墓地上对母亲说的话
落实得更可靠些。继而，我身体里的骨头
一块接一块地跑到了桌面，"你们要细心地啃出
哪一块硬，哪一块软，哪一块已无家可归？"
我心细的妻子，听出了我咽喉间
正发出啾啾的鸟鸣声，说："这也好
今晚你索性脱胎换骨，明天再快快重新做人。"
我说不，你这是叫魂
什么都是快的，只有酒在我身体里最慢

2013.4.9

养虎

我翻烂的县志里，和尚木莲也养虎。催命的事
交给另一只无关紧要的昆虫。昆虫不吃人
不嗜血，也不叫魂。他每天挑柴进城
换猪肉喂这只大虫。做这事堪比攻另一部经书
也有白云经过头顶，流水又把五脏六腑
洗过一遍。虎得猪肉，如得经上要义，果腹时
也有菜香。落肚，犹响起暮鼓晨钟
劈柴的木莲则替谁去死，去流血
去把轮回变成想象中死去活来的自己
柴担终成无人问津的柴担，木莲空手回山
路口待哺的虎，也像某佛徒在等领功课
木莲吟哦，终于可以死。伸指向虎口
伸进佛经里这句话：此入口处，即为西天
第一口，当然还是想当然的猪爪
再之才知咬到最后的经义。真是如鲠
在喉。对立。对视。欲望与救赎都停下
只有悲悯与悲悯顶在那里。耗着。无言。二者都死去
像一阵风与另一阵风，过了招。像平衡术
现在，这座山就叫木莲山，这座寺也叫木莲寺
见信男信女来进香，我就偷偷想问
我就是那只老虎，你肯不肯把手指让我吃

2013.3.9

万古愁

我给在场的每一个人发纸片，问："你心里有万古愁吗？"
再问：你心里养着只寂寞的小兽吗？
再问：你心里语无伦次的，是一瓶怕别人嗅到的迷药吗？
再问：你心里有句假想中的咒语，叫人生如寄吗？
没有人回答我。有如这：日光下概无新事
我再问草丛里的一只鸣虫，发现虫子也会翻白眼
我再问比我们笨些的猩猩，猩猩拼命擂打着自己的胸脯
深夜的镜前，我独自伸出一条长长的长长的舌头

2013.2.22

凄惶

某日，我拉开抽屉，一只色彩光亮的虫豸
停在那里，并看了我一眼
也不知这木室里的什么养活了它，并给了
如此好看的颜色
某日，早起上班，小区门口有人叫到我小名
不是这人提到，我还是另个谁。是小名有情有义
也在一个小木匣里
突然睁开了眼睛。那条小尾巴还在抖动
这些，都是凄惶的。显得阴凉，两茫茫
而另有一些，我还拿不准
回来的日子。像散落的闲笔，神示的旁批
我有一册生死簿秘不宣人，上记载
张木生，高中同学，1977 年陨，时年十八，卡于
一扇窄门。尚不解男女，更不解何为朝露苦短
有如一粒石子，投向无端的暗夜。有如刻意的
隐身术

2013.2.28

捡一块石头当作佛

捡一块石头当作佛，它是千千万万块石头中的一块
在长门村海滩上
无数的佛，坐在海边听潮
仿佛历尽了潮涨潮退的石头，都能成佛
这些被我指认到曾经放下屠刀的石头
曾经说爱后来又不说爱的石头，曾经底气十足
瞬间变四大皆空的石头，曾经不做石头
而后却做得比谁都坚硬的石头
它们中的几块，现在被我安放在案桌上茶几上书架上
受我膜拜
被我称作永怀绝望又坚执无言中，可比与不可比
的谁。形状及颜色，与我心已达成相当好的一致
它们都经历了这过程
先是我们当中的一员，再变成石头
再日久月深地在海滩上听潮，之后就成佛了

2013.2.18

上山与下山

去人间

上山的人是樟树，玉桂，甚至灯笼树，会发汗
冒香，以白云为家乡，想象着去台湾，有自己的党部
下山的人是银针木，榆钱，水杉，叶子偏小且向下
口里念念有语，意思是都没的什么好玩的
白云从一个人身子里跑出来后，身体留下了苦口苦味
我是棵合欢树，不上山也不下山，与谁合与谁欢
与这个旧县城里的李太守经常玩一把
那年他写道：他人重术我重道。精肉一斤，可做肉丸
薄肉片，肉蛋酱。但就是不做霓虹大志般的大餐

2013.1.28

又一年

这么新的一天又来缠绕已这么旧掉的躯体
雪中送炭？显然不是。锦上添花？更不是
总有个因果互抱的话题，总有个
到底是树缠藤还是藤缠树的说法
昨夜阳台上花又尖叫不停，这让我弄不清
花因绽放而尖叫，还是不愿绽放，叫出声

2013.1.1

大清静

山林还在，流泉也在，但作为啸荡者的老虎没了
也见树叶飘零，而滚雷早已抽身离去
只有鸣虫在草间唧唧作声，像谁打情骂俏
有人在酒后大声一吼，摔碎了碗，可我听到的
不是瓷片的崩裂，只是酒水在小作怪
贼人在哪里？我几乎没有遇见一个像话的贼人
米磨仍在碾米，驴仍在打圈
用上最慢的心肠，消磨到日光偏西
把什么一脚踢开吧，给这世界一点坏脾气
而那宴席上的猜拳者，疑是代言人，声音由小到大
最后传到耳朵里的，仅剩下上气不接下气的咳嗽声

2014.4.30

总是衣服跑得比我的身体更快

总是衣服跑得比我的身体更快，灯盏的名字
比灯更远，鸣虫的声音比鸣虫更是虫
总是被抽身而去，赴约时它在跑
枯坐时在跑，孤眠时还是在跑，我看不住这些布
它额外的脚步与没完没了的花俏
远在三尺之外，远在天涯
木讷的身体，该死的身体，一再丢失的身体
我又被遮我的东西剥开，总是无衣可蔽
它远在远方，像云朵，像我的仙，飘飘欲仙的仙

2014.3.24

癸巳岁末，过福宁文化公园

今晨可以记在日记里的，继续记。依然是
天空做自己的大明镜，活人活在明镜里
晨练的人很多，邻居叫小丽阿姨的
天天喊肉与骨头在打架，也在这群老太中
她们跳扇舞，练分身术，投来的眼神
如刚下凡的火星人。啪一声，扇子遮去
一张张老脸。再啪一声，扇子后
春暖花开，钻出来的全是青春妙人儿
洒水车开过来，公园不见了。洒水车
又开过来，出现了另一个人间的另一座公园
这岁末，什么都看不住，也抓不住
石雕中的石人哼出了小调，扭动腰肢者
都是些身上有大洞小洞的假山。太没有道理。

2014.1.25

有时，我会用手摸自己的身体

有时，我会在睡意里用手摸自己的身体
像个外乡人摸进一座寂静的村庄
小巷，柴门，篱墙，石敢当
仿佛名花早做他人妇，此处也已经鹊巢鸠占
轻轻地叩响那扇幽闭的窗棂
里头传来这句话："我男人出走多年
这里不便接纳没名没姓的汉。"

2014.12.25

当心你的脸

有项工作我已无法停下：在空气中抽打着
谁与谁的耳光，并知道被抽打的脸
是无穷尽的无，像唐朝的那个人
写到抽刀断水水更流，像狗子两个字
闹不清白狗与黑狗哪一只更是狗
我同样分不出你是谁。遍地都是该打的脸
又一个挨巴掌的走过来等待我出手
我高高扬起的手，是与空气为敌的手
更仔细地去辨认，是正在清场的手与多情的手
打人不犯法，这样的话在我看来从来就是王法

2014.12.22

纸上的绳索

总是活于将死，活于从这头到那头，活于
自己的臂力，假死中的生
与过不去的虎跳峡
需要一根稻草绳，吊在上面的人，命悬一线
滑行或攀援，死去又活过来
这条绳索，就是纸上的一行字，断崖的
两边，他们在喝咖啡，调理黑与白
谈女人腰肢到丰臀间的弧度
而我正处在生死线上，冷风起于万丈深渊
这险境，神仙在一旁笑
到处是绝处逢生啊，文字一黑，两手
便空掉，我多么自私，我不管你，我先过去了
却拍案而起，这一天，终于天亮

2014.12.6

致大海书

很浪的海上，能做什么？把所有的
波浪，鱼类，大水中落日，爱一遍
见识了一些小鱼小虾
暮色又在催人命。之后等老去，心跳变快
又变慢，对人说：我是个有爱的人
两手沾满了海腥味与人腥味
那些喧响的，急过与不急的事
水无常态，举起又放下
也很浪。反理性。大潮起落，带着时间的脾气
船头六亲不认，但认得，在人间。
这当中，我只与诗歌消磨了一场
一事无成的欢乐。浪子退场，潮声依然在海上

2014.12.15

会飞的猪

岁暮看到"飞得最高的猪"这几个字，来自
侄儿的一个排名榜，他说，我投资的几家企业
在哪呢？这卷起了风中飘叶
农夫的果树与他眼里的奈何，枝头笑与挽留
这一年我也投资，我的诗与情感
槽边，那嗷嗷待哺的东西
还有更宏大的一群：天南与地北
我的修辞与我的视力，绞心力关注的谁
流水的劝诫与山涧小水电站送出的照明
都让我看见，拱来拱去的猪与不能飞的猪

2014.12.5

私愤与公仇

人有私愤，也有公仇。两匹快马
稍不小心就跑到一道辙上
蝴蝶在花间是风景，飞进卧室
便是昆虫
在荒坟上叫魂的人，手上有两块石子
一块扔向乌鸦，另一块掷在空气中
大河由小水汇成，又分配在
各家的田亩，不一样的泥土里
粮食姓孙或姓王
十八中的女生在作文里写到：
"大伯收割到稻粱，我爹只拔起黄豆。"

2014.10.25

在三亚与大海失之交臂

对大海，我有自己的手感。早年的纠缠
令我闭着眼也能感知
它的丰臀，腰细，激情不跌的呼吸
及爱动手动脚的小脾气
可在三亚，我的手突然被人砍掉
像特意来扑一个空，来证实
什么叫够不着与舍弃
一个人间的惆怅客，又一次
在自己的醉心与一步之遥间，选择了逃离
飞机又要把我运送到
另一个人间，去作另一番撒野
牛或马那样，接受别人的接受
蓝天上，我的手轻捻着一件空空的蓝绸衣
用鼻子一嗅再嗅那久久不散的体香

2014.10.15

森林里

莽莽森林中，有几棵树总是跑来跑去的
它们不愿与谁呆一块
"去天堂吧，或者去烧掉，或者劈开
我们可以去见火，但不能伙同。"
这很奇怪，这与我私下认识的一些字眼脾气相投
有些字就是不与另一些字排列在一起
在一起便要出事，在一起
天边就起风，隐名埋姓的人，神情不屑
会突然站起来，踢开凳，离席而去
也不知，谁跟谁，前世结仇，今生永不相容
叹命

2014.8.17

楼下那棵无花果有了

肯定是有人从中作乱，像我这样的人
没经过花期，临老的时候发现自己结果了
一个明代的人，没日没夜地
跑到清朝来做官，经历了一次障眼法
也忘记了心中的皇帝
这来自一张乐谱使用了长长的休止符
乐队在冥想中突然天亮
天亮中，每一颗头颅都很圆
抱到自己的果，也抱住自己想要的人间
说自己有了，到了，饱满了
在街上，那些未婚先孕的母亲，就有这种
将什么一下子拿到手的做人的感觉

2014.7.28

甲壳虫

一个人完全可以迎来这个时候，他已不再是一个人
变成了甲壳虫，被天下的秋风所欢呼
可以随便称自己为王，高士，白鹤，或者苦行僧
哪怕他还欠下这一损招，街边的人把他身子翻扳过来
拨弄他肚皮下毛茸茸的部位，大谈阔论
什么是苦果，什么是魂不守舍与死结。牛头终于对上马嘴

2014.7.15

望星空

在野外，那棵老榆树所看到的星星
是这个县城清朝的某个旧县令
古寺庙看到的，又是一句有机可乘的偈语
草丛里的鸟蛋也看见了展现在头顶的众多翅膀
死人掀开盖在脸上的草纸，看见了
前生来世，我看到的，是座影乱形散又光芒四射的疯人院
我领我命
跟着尖叫，语无伦次，在伟大的黑暗与它照彻的混沌之间

2014.7.6

一个写作中的人

一个写作的人，开头是一个人在写作
后来另一个插了进来，一块泥巴
被另一块搅着颜色，这个人还是他
但已多出来，多出来的还有
身体中的风声，拐着方向，没有规约
他的叙述时间本来是线形的，现在张开了
众多的嘴巴，有许多顾左右而言他
本分的田亩，显出一片葱茏的左右不是
有人还在野外争吵，度量或者霸占
小狗看去是一条，转眼也可能是
七八条，多与少的小脚总是变来变去
自从某天，他有了这能力，左手的事
放在右手又是另一个，聚石为徒
以一束光，征服幽暗的众声喧哗
他有分身法，却又收回了散落一地的
骨块，身上的洞口，已相互打通
这个影子与那个影子之间，各自喊着名字
或把一块泥巴揉捏成各样颜色的泥巴

2014.6.23

故乡

我一生从未离开过自己的县城，每离开
一次，就等于钻出了一层蛋壳
虚无的破了，又被虚无的另一个合上。但我
依然活在自己的子宫里，这座城，土话，血统
在故乡，我是最苍老的长子，之后才是
母亲最后生出的男儿
不要对我说生死枯荣，一厢情愿，痴人说梦
也许我还有别的爱，别的城郭，别的修辞学
但是那时，你我都已不在这世上

2014.6.3

念去去

这几年，爱，越做越少。相对于草<u>丛</u>间
卿卿我我的小虫，斗来斗去的雄狮
门槛边讨一碗残羹果腹的乞丐
都被我看作泥沙对泥沙的堆压。相对于
高挂在屋顶上的月亮，插小花
于流水边的神，我小腹微热，醒犹未醒
常念忆剜臂的人，除胃的人，隐身在牢狱里的人

2014.5.20

许多时候，我正在飞檐走壁

许多时候，我只是象征性地与你们走在一起
月出惊山鸟那刻，我其实
也在树上，一汀烟雨间，山崖巅仿着鸟鸣的
还是我，我分立，割据，并善隐
一再把正方形切成三角形
又把一句话，分出两头说成另一句话
你们读闲书，陈衷情，或者拍案而起
怒发冲冠状的两眼放光处，我正在飞檐走壁

2014.3.22

坚信

必须经常说一说尺度与对比。才不至于
把万众拥戴的事理，说成打死也不信的事理
比如，人比子弹总是跑得更快，更多
的匕首，害怕心脏
斩首时，许多人发现，那人就不该有头
那天，我正躲在一片草叶下睡觉
一只大象发疯般朝我跑来
命悬一线之际，蚂蚁伸出了一条小腿
砰地一声，被绊倒的大象便一头栽在半路上

2014.2.16

在叙述的断裂处，总是傻子金身闪现

在穷处，舌头打结，失语，无奈的人
请来了傻子，把大段独白让出来
他们从另个世界里金身闪现，时空
立即被翻到反面，一语道破与针尖毕露
不让，并且不管，一点也不人间
在滔滔不绝与语无伦次中，逻辑
刀走偏锋，跳脱，没有来处
与去处，却是石破天惊，天门重现
我们被刺痛，扰乱，又像在悬崖边被拉住
感到这一个才是大象，与我们的
自以为是相比，他们是影子在喊话
天然，霸道，王，已摆脱了地心引力
而当中，也不拿正眼瞧过我们
对于孰是孰非，更像是一只大象早在心里
也要拿排泄物将山羊的比下去一样

2014.1.18

从了

我不得不把当年阉猪匠的装束再描述给
当下的年轻人，一根铜笛沿街吹着
外乡调，长布伞挂背上，腰间
有牛皮套，那里，藏的是他的利器
仿佛天下有命根的猪猡，都欠他一刀
仿佛不来一刀，天下也欠下一个道理
小时我围观过他们麻利的活式
两脚踩住小猪的四脚，利器
往猪腰间某部位一划，两指头再往血口
一抠，便有个血淋淋的被勾出来
还随口说，看，以后你就没想法了
脏东西再往角落里一扔，一条狗
便立即叼住它，一闪眼就到了咽喉下
这过程太白描，说不清说出来想说什么
像说到乌鸦的人，感到嘴已先黑掉
但我从小就记得猪猡们抢天夺地的嚎叫
开头哭喊的大意是：饶了我，饶了我
后面的声音小了多：我从了，我从了
另有一个细节是，活干完后
阉猪匠一般会得意地擦擦利器上的血污
再当着在场男人或女人的面，晃一晃

2014.1.5

歇脚店

这里歇过黄金，山盗，傍晚来夜里走的
盗花贼。我也在此歇下了脚
歇在叙述拐弯处的
某个难度中。山风侵衣，山脚的灯火
一半是明的，一半有松脂的香气
在文字的另一个城郭，出城与进城的人们
也分成了良民与暴徒
神秘的是，他们各自也都有歇脚的时候
问接下来怎么办？靠在窗位的那个
在提刀与掩藏之间一筹莫展
就像这一刻的我，面对店娘子的明眸
很是忐忑。美色与诗句，我们对它常是无效的
我们停在那里，左右不是，难以言状
就是拿它没办法
想自己对自己做些手脚，又被店娘子一笑了之

2013.11.19

云中散步的大象

云中散步的大象，走走停停，保持着兽性的散漫
一会儿是气体。飞鸟。一会儿是巨大的铁石
天空出现了另一座山岭，或者屋脊
现实之重，魔幻之轻
并且，不怕你又说到，什么在天庭，恢复了原形
众多的神明，对自家体重，从不提及
但赞美这惊险的从重到轻。说这才是一朵闲云
正享受清风，与自己的块头，相谈甚欢
我们当中也有谁，长羽，长翅，却隐忍地用着本质的蹄掌

2013.11.28

掘井者

在有水与没水之间，我越来越想放弃
手上这把铁镐。更令人气绝的是
地底的这一层来水，再挖一层又没了
谁在深土下行走，躲躲闪闪，来或不来
在是与不是中，我更像是对菩萨
说完最后一句话的人，想让地面的人
把挖出来的土重新倒入，让我深埋于
这口空洞，清算这欲罢不能的心有不甘
说戏到此结束，收摊，又一笔死账
又有个蒙面人终结了这舍与得，有与无
就像这首诗遇到了真正的黑夜
而另一盏灯，点在另一首诗里，另一个
好命的人，正在那里与一个鬼谈笑风生

2013.12.5

弧线

我注意到那些弧线。无法商量。有脾气。像谁
歧途上又回来。那足尖上的射手
又制造出谜一般滑进球门的球影，给千万个悬虚的
心
一个弧形的落脚点。谁这样说："多么诡秘的
最终往回拐的终结者。"
天上出现彩虹。举步维艰的人，又看到
天国的门楣。迷途的人不知道，空气中处处都有家。
石头还在飞，早年恨我的人，在街上重新抛来了
微笑。当中的时间，给予它回头路
那微笑经历过向左或向右，已摒却多出或少掉的成
份
而另一个志薄云天的谁，泪流满面，突然转过身来
说：我终于服从了这弯度。

2013.11.10

一刀两断的事

有一些东西，我们是可以不要的，甚至身体
最近的新闻是，有人自己动手，锯掉了大腿
那是条病肢，意思是，我已不要你再做肉身
一刀两断，比自裁更决绝，血淋淋
比身体更难以不要的，是有人想杀
也杀不死自己。了犹未了。这一头，我的小邻居
面对他抛家出走的母亲，就说出了另一句话
"别以为你一走就可以与那个狗男人永远在一起
你死后，我照样把你的骨灰扒回来，和我爸葬一块。"

2013.10.18

九头牛也别想拉开一粒尘埃

每晨，我妻子所擦拭的镜子
实际上是件容器，里头有人影，流水，所愿
我与她的争论，最近的脸多了，或者少了
以及，她拜观世音时的喃喃自语
一转眼，也有灰尘
比我对待语言的洁癖症更为严重
她自以为是的明亮与透明
不得留有恍惚，皇帝的新妆，锁骨上的饭粒
无穷无尽的留在当中的镜像
对她并没有深渊，而只是平面
都逃不过她的抹布，她的自以为是
我的格言是：九头牛也别想拉开一粒尘埃
擦了一万遍的镜子，还是不可信，出现了尘迹

2013.10.12

两茫茫

说到两茫茫，又要问到自己，有没有心上人
正踩着自身的影子，虚度着时光
各自的月色，放在衣兜里
生活的尖刀，已变成纸片
我在南方的夜里，又无端地磨牙
并保持在大街上，与人点头，微笑，坚毅地
对人世共用的空气，你吸一口，我也吸一口

2013.9.13

归宿

昆虫最高的死，死在一粒琥珀里
大象最高的死，死在集体埋象牙的秘穴中
埋骨头有时比生孩子还急
武夷山断崖上的许多悬棺
让死者一抬脚就踩上白云，有一些雨落下
不是水，是长短不一的鞋和鞋垫
母亲当年一再交代，要让她回到
自己的瓦屋下，死去
我知道这也是贞烈，或洁癖，她是个有修为的长者
对我提及过，琥珀里那只昆虫安逸的模样
说这就是品相
好像她也有一副象牙。也有，把象牙藏匿好的问题

2013.8.18

星云图

张开我的双掌，发现，天上的星云图
不是别的，全遗存在我十个指尖上
那些叫做簸箕和斗笠的图案，神秘的符号
正在指甲的另一面旋转。冥想中的身世
是云团，更是一纸笔意，说我还有救
说不定是今夜，就随同白虎沿那些弯道逃遁
那里还有血在叫，尽管我装聋和作哑
而朝北去与朝南去的人们，被水隔开
在河边喊筏子，我不给他们指路
也从不伸出指头，指东或指西。天机
早有人做下记号，这指尖上的乱云，乱象中的
神秘地，让我有迷魂叫不得，也清楚
什么叫十指连心。从地上到天顶，一些
线路图，路标，方向牌，至今没有废弃
总有一天我会飞，请求谁放手
并握紧十指头，说：一些星光的轨迹，我知道

2013.6.18

天赦令

赦令终于要传来，棺木也早已有人在打造
这是我早就准备好的问题：我终于等到要被谁吃掉
在人世，我鱼目混珠或珠混于鱼目，这回就要现身
还躬身于用竹篮打水，并在一条无名河上
洗了一辈子木炭。还有这必须恭顺的回环
我不计其数地在我土上占用五谷杂粮，雨水和空气
现在就要回赠予身体这颗苦果
终于可以说这句话：人吃土一辈子，土吃人一回。
入土为安。

2013.6.16

致歉

有时，我会从时间的另一头突然醒来
一只地鼠在相反的出口看到了
自己的洞穴，多么阴凉和小心翼翼的家居
发生过的生活概不觉得新鲜
食性越来越小，门牙稀松，接下来
是饱尝老废之苦，像年轻时的一道算术题
相加的结果总是少掉，越加越少
夜里的月光过去是金是银，现在是一地冰水
在附近生火的人，掌心的水渍
老不能烘干，并喃喃自语和自责
总有一天，我会人走灯灭，风吹瓦凉
像个做错事的小孩逃出这小屋，像那只地鼠
这样说：我给你们添乱了

2013.6.15

同命相依

在福建无人知晓的一个小县城里
我写下：活命自古盲目而新鲜
同时知道，我的另一个诗人朋友
此刻正在河西走廊的风沙里奔走，以为自己
是赤子还乡，取相机照下落日又照下一座唐代的遗址
迷路时抛硬币决定归去来
夜里，他爬上山顶摸到的星辰
在一本闲书里也被我摸过
那横行于人类头上的某粒火球
他称为圣城，我叫作疯人出没且忽东忽西的精神病总院

2013.5.27

我就是青松岭上那棵与时光反目
为仇的树

鉴于高大的松木都被伐下做成船，枕木，或切成
一片片，写出咏志的诗
樟树也多被制成雕花的眠床，每夜听
交欢的男女带汗的哼吟声，吱吱呀呀响个不停
甚至不是树的树，我的几个曾被人夸为
可作栋梁之用的朋友
正蹲在牢房里，为牢头捶腰，按摩，舔下体
白鹤只好停在我枝桠上，像公主下嫁凡间
舞蹈，展翅，翘屁股与做媚态
"嘉木已纷纷倒下成谶，血流成河
或终于认定，好命绝非命。"
我是，青松岭上那棵与时光反目为仇的无用的树
越长越左右不是，为好口味的天下刀斧所不齿
上山来的人说：这树一长出来就废了
让我活得很莫名其妙，并沦为笑柄
老成老而不死是为贼的样子，老成时光所厌恶的
多年记不起的某远房的亲戚
山下烟火正炽，我打个盹，一不小心就睡进了魏晋

2013.5.1

香妃

我年轻时写的第一部古装戏就是香妃
幕拉开，出现一名黑衣刺客
第一句台词："香啊！一个人凭什么拥有这种香？"
仅此痴人说梦般一句话
台下观众也跟着嗅来嗅去。深呼吸。痴迷欲狂
隔日有人写评："不许追杀，请照看好
这天下第一香。"
我的不幸是，随后女主角竟离奇地
病入膏肓。临死说：我领下了你给我的一个罪名
结局，只好这样

2013.3.26

与某诗人谈心

你的自以为是违背了诗歌。你把自己的声音
凌驾在另一首诗歌之上，没有道理
诗歌不允许谁，随便拨弄它。诗歌自己有嘴唇
管理着每一个音节。每个字。每一行
久治不愈的含义。一首诗形成，它已
关闭。并且归一。并且有了脾气
哪怕是闻之退避的脾气。它只与那个同命的人
以血换血。并业已建立起势力范围
有时是棉，也是铁，有着诗人叫不回来的
命运。自由来往的空气，适应它
独自地呼吸。微苦的气息，是
见谅于世的心肠。当神委托把它写出的人
写出它，没有第二人可以插进来指手划脚
将一块石头改换成另一块石头，说这座建筑
不是这样，应该那样。那样，是
另一座房子，你随意涂抹的，是额外的泥浆
一首诗当初发生了什么，谁知道。一首诗
在这道术俱裂的年代出现，险象环生
每首诗都有无数次往外走的可能，但最后
只能是这一个。这个诗人说，是我先得到了它
处子的血，你再进来已经乱伦
一首诗歌是有贞操感的，第二只手都是脏的
你可以赞美它或诋毁它，但你的手
不要伸进来。你不可能比我更懂得，这首诗
为什么是这样，一副叫也叫不回来的样子

2013.3.21

柴锤见

"等到柴锤一响，你便知什么叫黑白两重天，事已了。"
年少时，母亲常拿这句话对我训斥。要我开窍
柴锤：禁忌物。终结者。盖棺时
落在棺木上的定位槌。人世最不堪的声音。当它敲响
真相终于大白。白刀子进红刀子出。认死也认生。
　水落见山石
而今，我双亲俱无。坐在对面的经常是蒙面人
有时也空对青山作审判台，责难，陈天下戒见
许多人还是身藏暗器，不肯缴械
可世事的结局大致相似。你得脱手。下跪。从了。
　响一记柴锤

　　　　　　　　　　　　2013.3.16

植树节

植树节那天，我穿着迷彩服满山岗跑，林场
那边，也有几个穿迷彩服的
他们手上多了电锯和手套，像行刑的人马
正要让谁走投无路
这是两支队伍。接生的与送死的
筑坝的与扒坝的，看看谁能活得过去死的
"昨天吃饭时，我又看见满桌鬼魂。"
说这话的，是林场死了老婆又死掉女儿的老林
他的另一个身份是，周边村落里
著名的敛尸人
"有时，我还偷偷较劲着，看看桌上的饭菜
阴处的人是不是比我吃的更多。"
我不与这个半阴半阳的人东拉西扯
事实是，年轻时也迷恋过分身术，比如
伸出手臂让谁挥刀砍下，其实
并没有站在那里，他砍掉的是一棵树的影子
当然还有电锯声，冰冰的
每天从脊背上穿过，也是提醒自己
要站得更稳些，并试着领到那份痛
真是走到哪里都得死。植树是件流水作业
而另一队穿迷彩服的人也跟着来了，他们像天上
唱对台戏的人，并要与我们同桌吃饭
刚种下的树苗，有的，无疑已被下了咒

2013.3.15

刑侦学

我用刑侦学的信条对李不三说："从来没有完美的犯罪。"
李不三反问我："那么
什么是完美的不犯罪？"我又跌入
这个混世顽主的逻辑怪圈。他无数次要把自己打进囚牢
又拿眼睛扫来扫去，仿佛总会揪出个万众拥戴的替罪羊。

2013.2.23

出狱

走出狱门的人中我点来点去还是少了名叫王来年的人。
他的户籍在山西泰安，也有人说是福建大同
拿下他的人是清代李太守，另有一说是
唐朝某大理寺。关于罪名，砍了人抑或砍棵树
槐桑，楠木，榆钱，银杉，各有所辨
这不妨碍我昨天又在医院病榻上
看到面目各异的飞禽，想飞的人与看走眼的鸟
他们也有罪名，手在身上摸来摸去，就是
摸不着痛在哪里。又是年关，大赦之年即将过期
所谓时光，无非是看到影子，但看不到自己的身体
而卷宗里铁板钉钉，并写着谁去谁留
许多石头，一会儿是，一会儿又不是。有的
则被我们放在书架上，相当自己家族里，远代的亲戚

2013.1.31

随感

上两天，叶舟兄在杭州说：天底之下
头等的美事，是读诗。这话
像某景区的警示牌：有电。
我说，这时代最不幸的人，是有人当了诗人
而相反，最幸福的人，寻找还魂术，在读诗
他还会被修辞提醒，活路还是有的
病入沉疴者，又被一些言语突然救活
担架上，有人被电一击，心脏又跳了。

2014.4.13

中 国 好 诗

第一季

去人间

第二辑

长调

举 人

身体弄不清的，去问酒
酒弄不清的，再问身体
　　　　　——引自一次自言自语

1

越来越信任用假腿跑过的路，信任
所经历的假山，假桥，假想敌，假的公里数
反常理地说我已去过，让人头痛
又不得不信以为真，并与雪豹雪雁这类
高寒地带的禽兽说清楚，我就是
你们最另类的邻居，在断崖某拐弯处
也有个窝，我不常住那里，但你们的地盘
也有我一份，也有高高在上的技艺与去向
为什么我又离开人群来到这鬼地方
与你们再说起这些不搭嘎的话，这来自我
还在难受的锁骨，来自我的声声慢，昨晚
我又与他们闹了一场酒，在那张桌面
那个东方语言竞技场，所有的话语已乱作一团
被拆解的翅膀和蹄爪，散落一地
那高处，我已回不去，一意孤行也不行
海拔的慢，叫人不知如何是好，叫人望天长叹
酒桌上，他们在排地雷，绕开深水炸弹
争做抢话人或隐身人，在劝酒与赖酒之间

肉体与骨头吵声一片，杯中的事业却凉作了水
攻防的山头，积雪莽莽，迟迟不肯融化
他们在这个身体与那个身体间打借条
偷梁换柱，或暗中提鞋，用起义的方式
颠覆一场欢乐，我们孤掌难鸣
使一场登山夭折于半山腰，残羹像一件件
遗留的器官，减法与加法闹不清哪头多哪头少
我们又失去雁队，队形不再整齐，浪花
掉头，涌动的河床出现了腰酸与晕眩
而辩证的法则是，山不转水转
你没有这种容器，但把大海装进了衣兜
装不下的酒事，在目送一批心神不宁的侏儒
那就回到你老婆儿子身边去吧，那里
万家的明月仍保持着无言的清凉
风吹着旧瓦，瓦片下坐着自省的人
躲开这万古常新的勾魂水，你摸索着身上肋骨
怕国破身体在，从秦代摸进宋朝
与我们没有什么大错的胡言乱语相比
你不接这话茬，跟宽大的云雾相抱
清楚天下的流水都叫无常，害怕河水又犯井水
城府洞开，被人从咽喉间掏心，抓魂
身未死，心先亡，成为欢乐中的废墟
坏事于一脚踩空，跌入一座崩塌的危崖
春风突然变脸，大船驶进了了阴沟
看哪，那是谁，突然钻出众多隐身的躯壳
在一次次清场之后，又一次出现
又来占领这方高地，一处人迹罕至的所在

困兽般在山头走走停停，自己与自己说话
说白云在天酒在壶，在自我叫板中
显得多情，多话，有如身份可疑的说客
被天外人派来说服自己，这个人与这趟酒
在力挽私自的绝境，鞋头露出了脚趾丫
按私底下的说法，自己对自己讨伐
一头豹或一只雁，认定了自己嗅来嗅去的鼻子
多么风生水起的孤旅，古老的步法
正服从心中的飞虫，过天南与地北，用身体的
开花，去交换神秘的结果，在另一张地图上
拆除他们标出的此路不通或行人止步
再次东方欲晓，渐入佳境，左是山右是水

去
人
间

2

只有我与你是名副其实的举人，表情一致
举旗的举，举起的举，举杯的举
两只赛跑中的动物，正在度量的事物
是一种叫做空空的宽度，在永无止境的
只差一步中，无法叫住自己，我们
自己支持自己，穿自己的小鞋，不与你们
讲道理，你与们的道理，如火如荼的
道理，经与纬交错，太庞大的系统
天下之大，道理就那一点点，我们又怎能
把一事一议重新说回来，把自己说迷糊
左三脚，右三脚，微雨中捕拿蜻蜓般
抓到了一把空气，在得曾从未有中

把众人皆言避的酒，看作每一口都有毒
我们有我们的说法，说桃树上结出的青枣
说隔空抓物法，放出去的灰鸽子
傍晚回来时，已变得浑身雪白
当中的障眼法，毫无道理，却让人口服心服
这就是酒中的大道与鬼径，用举杯
安排身上的骨头，这一块去乌有乡
那一块去子虚地，沿袭着一条自古就有的
暗道，每喝下一盅，就给自己定下
慌乱的罪名，自己给自己定罪，又给出了
恰好的出路，酒成为宗教，但还差一小口
昨天有亲戚电话里说，他又旧病复发了
我说你得服从于这个病，服自己的水土
用欠债还钱来面对，像身上一颗不示人的
胎记，有点神秘也有点亲切，将这病看作
命中的亲密约定，不推也不让，像我
对酒的心甘情愿与慨然赴宴，用棍子追赶自己
不喝就脱不了干系，就不能在半路上
将谁收尸，那心仪的天南与地北
就是乌托邦的一床虚土，让人安眠，疑有
山光悦鸟性，却又潭影空人心，此处
就叫酒乡，生病与治病的地方，痛和好起来的
大本营，一觉醒来又可以摸到身体的戏法
让人吊诡与流泪，惊叹在，却摸到了空
服从这亘古的疼痛，我们的病变得相当可亲
这百思不解的老家，相思处，原住地
使人生死不明，摆设着种种不值一驳的生活

比起其他远足者开辟的亲山游，亲水游
在绿水青山间抓一把春土，唏嘘不已
我们也踏破铁鞋，带着温和与善意的叛逆
不断地练习"幕天席地，纵意所如"
有时也自言自语，这也不是，那也不是
与自己的身体捉迷藏，使用移花接木法
说我不在，已乘物而游，在无所不在
与无所有的交错之间，恨不得翻到底牌
桃花盛开，头颅在风声中转来转去
拷问自己的定力，念念有语，绕弯子，结绳结

3

红的酒，黄的酒，清的酒，浊的酒，都有劲
都善于腾云驾雾，而端酒的人当中
又分出左撇子，早年的知县，爱返乡的
鬼魂，以及善作锁喉术与启喉术的谁
在往来与去往中，许多人的身份是土捏的
颜色各异，遇水就化，直至所有身子都成泥巴
我们认同这质地，想看护自己的肉身
也没用，辩驳时已哑口无言，辗转于
这没完没了的湿身与失身之间
我们一次次把自己认领回家，不知杯里头
早已人头传动，轻轻低吼的雷声
在喊你的名字，邀你加盟，让你从瓶中挣脱
直步天上云端，从脱离蹩脚的身体
到脱离约定俗成的名称，从举杯，到成为举人

或作欢乐颂，将自己当作尚未融化的
红糖，在酒水中连续做三级跳，腾空翻
并连连赞美，在诸多甜食中，酒是神品
直到成为云中大象，推也推不倒
想那些功在千秋者，这刻一定在暗暗叫苦
他们流汗又流泪，却从来不去问
在诸多法则中，骗一骗自己也是一条
而提前化险为夷的人，使用的是什么步伐
从这一头，跨越到了那一头，并为之
喊叫谁的名字，追上自己，在一个虚拟的巅峰
临风抒怀，撕开皮，将自己一把揪出
不举，十万小鬼便在血液里作祟，不举
便欠谁，欠鬼，欠自己，酒有天眼
老在桌子下探头探脑，也说人在喝，天在看
头顶落叶飘坠，埋的都是争相夺杯的骨头
想那些将骨头埋东埋西的人，一定有
第三只眼，说石头也是流水，风水师的身份
无非是守株待兔者，在虚幻中一等再等谁的
到来，尔后大喊一声，那谁果然一头撞上树桩
我想，我们就是那只兔子，早有人
在这个路口与那个路口，等着我们
一路飞奔而来，再止步于自己想要的碰撞
天下无非苦主与乐子两个人，离开这一口
舌头会立即短掉三分，头会垂下
脚连续被路上的小石头绊倒，出城门
绕了三圈，依然分不清头顶日头朝东还是西
也有人，掺着水，用另外的愁肠

与我们纠缠，与我们一起品尝这口甜那口苦
也说喝酒就是赴约，在纵横交错的路口
疑是同路人，却走的是另一条多出来的弯道
我们也说爱，这爱与那爱，不同的布匹
穿在你和他的身上，而衣服总是比我们跑的
更快，我们的身体总是跟不上衣服想去的地方
老要裸出的身体，一不小心，便片缕不存
作乱的心，戏法真多，但又在
一树鸟声中，分出是这一只与那一只
分出你也不是他也不是，我们在寻找
长有第六个指头的人，也许正是这一截指头
才真正指认出了流水的步伐与流水中的我们

4

那天，那人手持一张返乡的车票，坐在我邻位
一再提醒我，到了月亮要叫醒他
我说这车到不了月亮，他说票上写的就是月亮
再问去月上做什么，说是那里许多祖传的
财产正要瓜分，三万匹野马也要带回
这无疑是真正的断肠人，心怀另一片故土
在这边活还是到那边活，真是件揪心的事
但以为能那样活过，又让人多么向往
这就是传说中的酒鬼，老要去不是人去的地方
大变人形中，做人做鬼都拿自己没办法
这称谓，没有一处牢狱能关住，一个人的
两个身体，分不出真幻，而在我看来

这才是一条猛虎，在死活嗅着自己想要的蔷薇
另一次，我拿着钥匙要打开对面的房门
轮番试过了每一把钥匙，每一把
都被拒绝，没有这家门与那家门是相同的
可那刻，因为迷醉，我被人狠狠骂了一回
而所有的小区，房子无非是仿宋体
或者楷体，活在什么都可以被拿来印刷的
年代，让人不想认错是困难的
继续存活的人，无疑都有一双摇晃的目光
我也想得有阮籍的病，连撒酒疯也十分出色
醉倒在一个纺织娘脚下说胡话，鼻子
嗅来嗅去，他知道，除天地之外
谁还能如此近距离地嗅到，这种
不能再多也不能再少的香气，无奈的是
无法横刀夺取，只好趴下来在有无之间
收割一把什么，它也许就叫我们共同的稻梁
这像我，四十岁前认定的只有一家理发店
为的是让人剪发，洗头，我知道自己
真该千刀万剐，但为的是让那双手
在自己头上摸来摸夫，那种千丝万缕的
关系，多么具体，有无中抓到了一颗星星
或又名叫空荡荡，那时已没有江山，只有
迷醉，他们所乐道的另外的国土，就是这种
借道而过，在围墙以外的天堂，说自己来过
并认下几行根本就没有过的鞋印
另一场酒事里，我见识过一个被叫做
师傅的人，借酒识人，观察桌上的酒相

说酒品就是人品，骨子里埋得很深的
总会被酒叫魂般叫出来，酒胆，酒气
也是一个人的心气与骨气，"雨后飞花知底数
醉来赢得自由身"，所有口腹之乐
就是为了更便于左右辨认，在似是而非中
归纳到自己认同的飞翔，当中的俯仰之志
也在携手并进，也知道你在瞒天过海
同时也自己骗自己，可你所计较的
虚与实，裹挟着血性，忘机，真性情
在向酒下跪中，你视己为王，那弓起的脊背上
却一直顶着敬畏着这杯中这一篇
天地间的大文章，用尽古往今来的生死明灭

5

许多时候，我们面对星空，面天躺下
谁插进来说，凝视并不等于就得到辽阔与深远
但我们会像个部件加在整台机器的运转中
冥想，问天人中是否也有酒瘾子
他们肩上驮着知更鸟，踩着月光
相互去串门，谈及的心事时断时续，聊无趣
酒是不是也被悄悄端上来，成为挥之不去的
一道主意，当中的不知如何是好
便随着眼神又活过来，郁结的话题一下子
现出真身，随即，他们又被打回原形
也有我们所说的，转眼间头发全白
那里的时空，也是来回扯的，也值得斗嘴

也有要踢翻凳子的话题，暴怒的人
上一阵子还手持广空里恒定的尺度，现在
却像个伟大的体操家，变换着形体
压迫身体的伸与缩，做出种种姿态的翻转
焦灼看来都是相似的，这些星粒中
无疑也各怀小疾，一样的盏里斟着不同的怀想
那里，肯定也有固定的酒友与新开的饭局
我们熟悉的八仙桌和酒具也这样摆
与那样摆，座次也有深有浅有主有次
在这一家客栈与那一家客栈，也有自己
熟悉的店号，客串走在流觞间的人
也会遇上滔滔不绝的人，也会将上朝代的事
说成今天的事，说日光之下概无新事，鸣虫
都是相似的，像我们的见多识广，常常把
一拨又一拨的新人，说成是臭不可闻的旧人
他们问，"还有没有更多的新人"
平淡的话，说得人心惊肉跳，犹如相似的病
一千年前有人问到，今天又被人
作为新奇的问题再问一遍，我们可以不认
后门那棵千年的樟木，是樟木，可它的气味
串起了时间一致的气味，这当中的缠绕
飞针走线，需要行刑人的斩立决，一刀子下去
使无中生有的有与空空如也的空，一一断开
我们在想象中叙述着天上的这些事
说明谁与谁，大体上是相同的货色，说明
心事浩渺连广宇这句话一点不假
他们也有推不开的盏，也将自己的这双手

看作一无是处的手，处处有一醉换休眠
与我相似的人，也在远离人群的独处
一再装出非无大事概不要与我提及的样子
哪怕在天庭，那谁也在说，这不是
我的家，那也不是我的家，新造的面具
市面上总是脱销，而在戴上与脱下的瞬间
一个外星人，突然来到了我们当中
狡辩着那棵奔跑的树与老死在地上的树
而他正是我的芳邻，昨晚整夜失眠
现在又破门而出，对着自己的影子胡言乱语
顾左右而言他，步子左一脚右一脚
我偷偷对人说，这人就是从天而降的人
昨晚他来自火星，能辨认的位置
已被他全部弄乱，他已丧失了看得见
与看不见之分，他奔走着，从不与我们交换
彼此的身体，让人感叹到，再没有天上人间

6

来，我们说我们的，我们不事天人
压心的酒先压下三杯，再说风云的天下
人心的天下，在人世的窄门
也为自己的进进出出，为被夹住的影子
准备好切割的刀子，斧头，以及
能与自己一刀两断的一切铁器，量身打造出
从唯物到唯心的种种手段，我们从没有
对进得来出不去，出得去再也无法返回

有过周全的胜算，这么多难缠的人

不是你就是他，你们心中正在呢喃的事

光线时明时暗，那里树冠孤悬，虫子

正在细处雕刻着最坚硬的部位，月色下

往回走的人，在长时间里已经习惯于

这种打转，正面与背影，两头常常不能相接

我们用手指认的那个人，正是自己

这个人正在喋喋不休，以为还有账目未理清

被夜风吹刮的脸，与一只意犹未尽的

馋狗，有着同样的眼神及无法缩回的舌头

所谓丧家之犬，就是再没有躯体可以还魂

多少回，我从一座大山的脚下路过

知道在这座山的另一面，也一定有另一个人

在度量自己的步伐与这个山体的关系

同时还有几条不知名的鬼魂，也在纠缠

来来去去的问题，这是一把大锁

与每一把钥匙之间的关系，于是我这样归纳

难道去死的人，还会比死撑着不想死的人

更难，难道一把锁死的铁锁，还会比

纷纷来试图开启的钥匙，显得轻松

我也时常为月光的文字与烈火的文字

两般犯难，抚慰哪一头的问题，永远是

血与血肯不肯走到一块去的问题

身体是文章，山川也是文章，一把刀

切不到菜地里的两颗萝卜，我只好问流水何为

以莫名其妙的欢乐提名，为前方的村庄

或意外出现的菩提树，服从这服从那

同时又像贼子在找自己的影子，投怀送抱地
与万世有血性的人同喝下这一杯
人形已经全无，鬼在不断吹灯，去与留
正在被无端地增与删，每一堵岩石侧面
还留有适当的空隙，这一大口下去就是壮行
踢开门槛，踩倒野草，大笑一声出门去
作儿男，作自己身体的游子，东边又有好日头
每动一下就是明月回头，江河倒流
再举一次才有天色轮回，烟火明灭，水去石留

去 人 间

7

掐住我咽喉的从不是老虎与狮子的爪
是自认的无形手与被叫做不安的烹饪术
这不安来自集体的口感，被神秘地调制
端上来时，是集体中的一份，一棵树
掩藏在自己的树影里，再加上一万棵树
也掩藏在自己的树影里，就成了
孤独的山河，成为黑铁，有漆压压的气味
一个人醉去，有越来越多的不实之词
他因为自己的不安，而有了洞开的胃口
天下的厨子，正以此为借口大行其道
我不为吃而来，为果腹，一不小心就把肚子
撑大，却一再地用酒，去通知另一个身体
说我要来，在这个身体与那个身体之间
挖地道，发信号，相互抚慰，像行为艺术
老在说，别怕，醉去时就没事了，在酒中

这个人一步登天，一撒手就丢下天下事
他穿过林子，当回头再看，却发现
是自己的身影拖着整座森林在走动
一个时代在那一夜，短于睡过去的一宿
又必定无功而返，在显与隐，轰轰烈烈
过后又孤寂无助及怅然若失之间
卸下脸上的红晕，对镜看到一脸无辜的自己
确认出这座城里头，依然是这个人活在镜子里
有人对我说，每一次举杯，总会有
另一个不在场的人在对他直呼其名
而慨然说出来的话，也是人间共同的话
在场与不在场的，老让人怀疑
放在炉火上的铁，只是一块殊途同归的铁
这让人老感到自己是在替别人喝酒
在两个影子之间，这个影子被另一个影子
抓住，抓人的人，抓到了自己的心慌
对，我们都是错别字，被认出，正在替人
得病吃药，在天上飞翔的翅膀
都是相似的，并不会计较，谁翅膀下的阴影
会比别的阴影更浓郁些，在集体的队形中
个人的一点阴影，又算得了什么
难道，自古以来酒徒们所做的事
都是同一件事，只是身影与身影的重叠
他想把这件事调换过来，变成自己的
嘴巴，用喝酒令，大声说话，来驱逐
这当中的虚幻性，可话语始终含混不清
直至声带沙哑，在喉结间摸到了别人的器官

真是冤家路窄，小时说书人嘴里的无头鬼
就这样，拦在路上，向每个路过的人
要头，以虚换实，当他夺走谁的头颅
就立刻变成那个人回家，替这个人招领到
一大堆故人，组合成新的家族
这种事，在这种迷茫的国度，最容易发生
另一种手段是，将自己放生，放飞一只
鸽子那样，给远方捎去一封信
在异乡接到这封信的人，所得到的消息
也正是自己想告诉自己的消息，只是
当中用左手做的事，并没有让右手知道
这是多么绕的情节，却是酒乡里
常常发生的顺理成章的典故，因为忽明忽暗
又被纳入众人嗤之以鼻的笑谈
也许，这才是真相，在门内与门外
桌上与桌下，是一个名叫四不像的人
真正是在场者，他维护着我们共同的嗜好
千山万水间，让无数个登台者相互亮相
以自己的赴约，与别人的赴约，换来一脸错愕

8

那些被扶回家的人，发现自己依然还没有
节外生枝，一条藤在树林间缠绕
爬到树顶后问，传说中那棵月上的桂树在哪里
无论这扇门出入多少回，此处还是可疑的
这里的气味，总是太单一，不像广场

有各种名目繁复的香气在穿梭

他又到家了，可并不是这具身体，这里

一再的似是而非，自己由一脸牛头

又落实为一张马嘴，山水永没有压轴之卷

旧景都已麻木不仁，他本来就是自己的仇人

这来回扯的问题，美如虚构，已难以去讨论

我曾见，一个人抱着马桶，手指像铁叉

插进喉管里，采用排除法，要把喝进的酒

全部喷射出来，一个长跑者，超过了公里数

又要退回去，咽喉发出怪鸟的鸣叫

他本想抵达，现在又被责令退回到原地处

拼命的卸减，让他就此睡去，也不怕

家业被人夺走，也不再计较往返间的劳顿

为什么总有人在自家门前倒下

一步之遥，他已敲不开那扇唯一的门

门内与门外，他的大功告成，正处在够得着

与够不着之间，他躺在洋洋自得中

像一个悬念，又像是王者归来

梯口上，有人要喊醒他，他会回答

"我就是喜欢半路死"，死在半路

这是公仇还是私仇，或者，相当于大仇未报

这让我想到足球场上的那些臭脚

临门一脚，一再踌躇满志地把球踢飞

我们真的都在归途上，有人走快了还是慢

却一直为走与不走，到与没到，闹出许多问题

春节后上班的早晨，我还看见沿街

满地都是呕吐物，有树的地方特别多

可以想见昨晚有人抱着树，喊爹又叫娘
那瞬间，人子成了地名，那个人
抱树而立的地方，就是亲情终于出现的地盘
他虚脱过去，而后再把花钱买来的酒水
播洒出来，这一进一出老是出现在这年关
想到吃了好吃的，又要再去吃苦头
顺从着这更迭的次序，这纠缠人的新仇旧恨
终于到了清算的时刻，那就让它酣畅吐出来
而了犹未了的，晨风又在作弄人
又听到新的鸟鸣，新日该登高就登高
或出游或重蹈旧辙，那高远处的空中走廊
一切归去来的路径，以令人晕眩的不确定性
呈现着深邃而普遍的险境，我们每天
走过，疑虑重重，去过等于没有去过一样
我们安慰自己，说哪怕被骗也要前往
也用猜酒令来定夺去留，在一个指头
与十个指头之间，说出自己的心愿
那魔幻的指头们，各怀鬼胎，变换着称谓
令我们的舌头不断打结，卡住，不能翻转
仿佛十个数字内，都有人生的重大敌人
都有堡垒，悬崖，分开的河流与交叉的盘诘

9

在辨认与不想辨认中，叮以修正的总是太少
鹿群跑掉后，出现了另一些马匹
我们隐忍着这一切，相互交换的身体们

去
人
间

比十二中学的小女孩所交换的橡皮擦
更加难办，她们所擦去的数学题留下了
擦不掉的根号，我们的指认
害怕被擦去后，换来更大的模糊，因颠覆
与反颠覆，许下的这杯酒又得从头再来
每句话都有迷宫，云卷云舒从不告诉我们立场
一些话，从气吞山河，到咽喉喑哑
都变成了无效的戏仿，这些无法无天的大话
又要经下水道排出，我们的耳朵
出现了幻觉，怀疑皇帝中还有一个更大的
皇帝，江山中也有一座更大的江山
我们要去的地方，正任由一匹胯下的纸马
向东又向西，在左右不是的小径上一路飞奔
最终又拐回来，又回到我们守住的一夜空床
那么，让我们继续摁住这些幻觉吧
学习那个捉月而死的人，试着在凉水中
摸到月亮的体温，像在自己家邻近的游戏厅
打完一盘英雄传奇，用找死的方式
赢来今生一事无成的欢乐，用竹篮打水
在无中生有的有，与似有似无的无之间
说自己赢了，赢在得曾未有，赢在
痴人说梦般的合情合理中，说终日不成章
涕零泪如雨，将空空如也，做得信心满满
我们使用着自己的这种修辞学，像个通灵者
让天上的飞鸟替代自己的身体在飞
被人问，"去见鬼"，答，"去见鬼"
这项千秋无功的事业，知道前人们都走不通

但我们却接过来无怨无悔地再做
背负大石上山，大石滚落，心甘情愿重来
这类似于有人一再地用手拨弄空气
说在空气中抓到了粮食，抓到了布匹
还一再地说道，这活斩获颇丰
在人类相似的每一天，我们从人群里走出来
压着声音对自己说，"这样做是值得的
至少，我们占用了身体，让石头走动过"
我们用这样的话与自己打赌，打发的时间
并不是全部化作了胯下的尿水
而是用争与不争，以牙还牙地与另一个人
谈判，要从一棵树中跑出来，变成一只
出击的花豹，带着火药，闪电
扑向那老是左右摇摆的，多年违约的目的地
也化作一根老骨头，把自己啃了又啃
说自己还有坚硬的牙齿，对自己咬牙切齿
当中的邪念不亚于赶尸般在鞭打自己
我们就是要与自己继续过不去，就是要
眼神放空地做个苦命人，做个自以为是的人
在了犹未了中，把天机揭穿，撞个鱼死网破

10

在贤村，一个自称为酒神的人一个趔趄
就跌落在自家的猪窝里，拥着肥白的母猪
睡去，他的口水与母猪的搅在了一起
并梦见春风吹来，花开满地，河流

奔涌着红色的人群，这个欢乐的梦想家

梦中的事业正伴着母猪的哼唧声

与一江春水窃窃私语，忙的不亦乐乎

永远含混的是，人与酒的神秘关系

迷幻的潭口与不腐的水，叫人摇摇晃晃

跳进去的，都变成了水中鱼鳖

服着自己的水性，将溺水而亡看作又一次到家

他们全是搬运工，在身体中装着这种液体

像树桠携带着树脂，纸张承载着文字

将自己运往另个国度去，都有亲切的手感

半途上，发现全是来历不明的石头

多么勾魂啊，这神意的落差，让人老活在

疑虑之间，叫人左右不是，抬头看天

又让人须臾睡去，守着崩溃的河山，危崖

服从于虫声，鸟鸣，枝头的枯叶

在断裂的这头与那头，再次左右不是

"不信任身体的，就去问酒，酒无法信任的

再来问身体"，这话来自我走在街边的

一次自言自语，这就是万古常新的戏法

是幻觉，又是疑难的法则，自我增添或删减

这个人又长出额外的小脚，表情复杂

目中无人地与空气对骂，说路上的指示灯

为什么一再向东，一会儿又全部向西

这种设计无非在作弄人，来调包万众的身体

成为谁任性的角度，统一的是非曲直

因果不明，麻雀一般哗变于天上的拐弯中

而他在黄昏醒来，又偏偏遇见一次日出

说这是不对的，肯定出了问题，把街边行人
错认为唐明皇，时空无缘无故中已被谁转换
更多的人，更多的我们，都心怀小疾
又刚愎自用，老在说，我有迷魂招不得
说自己就是有罪要问，对自己升堂
拿闷声闷气的自家性命问话，看你招呀不招
这公堂，设在心坎，并始终弄不清它的旧址
"人有病，天知否"，多少人已喜欢上
这种病，还煞有其事地医驴治马
深知无药可施，而千百年来的医者
只好万法归一，任由这些杯中物，酒中人
小闹一番，让他给自己施救，借一场
意外的东风，对自己再扎下一枚针
作一场欢乐英雄，爱去哪里就去哪里
在迷糊中将自己再次弄明白，不是无家可归
不是面临绝崖，是活过来的豹子又在叫
是跳下去等于没跳，死一回等于没死

11

他们说，这就叫换血，一瓶又一瓶的液体
流入身体，绕过穷山恶水，驱魔除垢
熄火的地方又有了新火种，睡去的
再将之喊醒，拷问与责骂间，只为了
让这个人再做一次人，在秘密的几个数字间
更换着一只提箱的密码，这只提箱内
也许什么也没有，但更换过的密码

偏偏就锁着有与无的问题，空空如也中
并不是什么都没有，从空到空，当中已携带上
不一样的时空，他们说，这便是
新血，窗外有人在吹两长一短的口哨
这是约定暗号，暗恋的身体已无法回绝这勾引
篱墙以外的那些沟沟壑壑，走去与折回
跌倒后我领你再走一回，每走一回
你都是新的蒙面人，跑来跑去的脸，我让你
再变回来，你再出去，在江流天地外
与山色有无间看个究竟，春风里有斩刀
也有花朵那样长出来的青春痘与老人斑
当我们再弄下这一碗，在虚空处
冒出的那颗少年头，说自己还是新的，还是
老虎和狮子，小叶榕变成了银杏树，不断长
与不断变，地点在山西或者福建，过后
又在云南，少掉又多出来的贪杯者
在伐炭南山中都有黑黑的十指，都带着
自己的不干不净，使老问题又变成了新问题
这古往今来的活式，障眼法，小技与小术
说不清是不是他们的王道，但在我一再的
言说中，依然能将一句话的道理，一句
居家老话，说得像第一次说出，说得横空出世
死去活来中，他们又开始悔过自新
从打死也不信到不服不行，从黑白两不知
到互通有无，成为立心，立说，立字
"贼呀你"，我终于对自己这样说
这是自我招供，却又恍然间把杯子摔碎

说小甲虫长出新翅膀是无效，旧人变新人
也是幌子，我一次次拿那人的命
与自己的命比较，发现秩序没有一条是新的
这没完没了的争辩，让人底气渐无
一回又一回的做与爱，做过都等于没做
这进进出出，冲动与释然，凉热自知
在这个码头与那个码头间，上岸又下船
多么无常的栖息地，大潮不断催人命
世世代代的鸟，都以似曾相识的名义而来
又为是是非非的结局飞离
树上三匝，旧枝又开出新花，不知今夕何夕
今夕就是三个字，"归去来"，人无其美
泥土下，无非一堆白骨，树无败叶
三春时又会揭竿而起，发出一树新芽
只有我们是来回扯的，厚着脸皮的
反悔与自新的，每天都是最后一天
在这最后一天中，我们在一而再的骗过自己的
金盆洗手中，手皮不断脱落，新皮又长出
却又再一次把手弄脏，又作冯妇，打死的老虎
再次活了过来，使天下的老虎，啸荡不停

12

那么来吧，把铁举成灰，把来日举成今日
把天下欠我，举成我欠天下
盈亏之间，无以为继的事就欠这一举
因了这一举，哑巴开始说话，无路可走的人

有了隐遁术，借我一用啊，借我以身体
借我这永恒中的临时性，颤颤惊惊地
用完这一回，黑夜中，我们又一而再地
摸索到自己的身体，像用墨者
才知道什么是空白，天下的账目大抵如此
打破的砂锅，被问的锅底不知这一面
与那一面，锄草的人，坟头上又长出了新芽
安心的酒，就是一盘乱局推倒重来
就是再次命名，就是事实上的，死去活来
我对人说，走呀，去绝顶，去安身立命
睡去就是加法和减法，转眼病好了
而下回，又有回春的妙手来问我们
旧疾是否让你感到苍茫，那地方
为何具有无边的辽阔，在某街边的酒肆
我们又是新主，旧的身体，又接过刚出酿的酒
两杯酒其实是一杯酒，太极图里的两条鱼
常常跳走了另一只，永远落单的我
就是总爱与你成双成对饶舌的人
"对，我就是那个举人"，读无多，家细无几
在举杯中无恶，无图，无忌又无怨
并仍是你熟人中永远陌生的一个
是夜，我们卿卿我我，再一次沦陷在
宽大无边的相劝中，像在建设一座虚无的大厦
又像在拆解破损的旧房，找一个替死鬼
倾盆倒出自己身上的一切不实之词
借杯问路，往返交叠，真个是
不知身家何处，在含混中与自己一决雌雄

我们一再的念念有词，一句话这样说
又那样说，每说一次一条命就没了
而说这话的人还是自己，我们一再说举了举了
直至抓不住自己，漂浮起，被高高的屋顶按住
在口齿不清中，飞虫多出来，人散去
残局成了结局，雨后并没有看见新青山
就像我对这首诗歌的落实，文字的漂浮性
还欠一筹，多么不解的事，做一个人
偏又要写字，而偷偷看一眼自己写下的字
我就苦笑，鞋在脚上，脚为何还想着另一双鞋
这真是糗事，开出的花，左看右看
都不是花，席间散去的人，也不是来时的人
多么热闹的往返者，人人都长有
虚拟的翅膀，在天地间嚅动自己的名字
但又能去哪里，哪里都理亏词穷
天下没有不可公开的地址，哪里都是一堆
残羹冷炙，不死的依旧是我们身上的艳骨
大象埋下了象牙，其实想埋下的是
身体的一个关键词，说一切真相就是这抔虚土
循环的白日梦，让我们从动物那里学来了脾气
每碗酒也在埋葬人，泥土又飘飞在头顶
看一眼杯中的江山美人，以为已身在
最后的东方神土中，拿到了自己想要的墓碑
却依然再抬头，仍旧叫杯，叫魂
那就去孤岛或乌有乡吧，所谓的
迷幻之都，真正的无由来与无由去，躲在
一切眼神看不到的穷乡僻壤

竹长出笋，笋又长成竹，像锈来自铁
铁又必然生出锈，超越一张自己的反对票
或者成为兵书上的寇可往，我亦可往
恶狠狠的我们，早已无依无靠，就用这杯中的
闪电与雷鸣，祷告与咒语，对天对地
也对着一箭之外的拯救，将自己一而再地
投射出去，在空气中一路飞的箭，从虚空中来
到虚空中去，这射杀，葬我于语焉不详中
优游的光阴，老让一个身段健硕者，死于腿长

2014 年 6 月稿
2015 年 1 ～ 2 月改

中 国 好 诗

第一季

· · · · · · · · · · · · · · · ·

去人间

第三辑

· · · · · · · · · · · · · ·

去人间

· · · · · · · · · · · · · ·

· · · · · · · · · · · · · ·

立字为据

我是诗人，我所做的工作就是立字，自己给自己
制订法典，一条棍棒先打自己，再打天下人
有别于他人，立契约，割让土地，典老婆，或者
抵押自己的皮肉，说这条虫从此是你的虫
我与鸟啊树啊水底中的鱼啊都已商量好，甚至是
一些傲慢的走兽，闪电与雷声，我写下的字
已看住我的脾气，这是楚河，那是汉界，村头
就是乌托邦，反对变脸术，釜底抽薪，毒药又变成清茶
我立字，相当于老虎在自己的背上立下斑纹
苦命的黄金，照耀了山林，也担当着被射杀的惊险
恨自己的人早备下对付自身的刑具，一个立法者
首先囚禁了自己，囚牢里住着苍茫，住着虚设的罪名
也住着亮晃晃的自己所要的月亮，我立字
立天地之心，悬利剑于头顶，严酷的时光
我不怕你，我会先于名词上的热血拿到我要的热血

2011.4.18

鱼肉鉴

有写诗的和尚与我会诗，啖大肉，大碗酒
明辨其志：凡入我口者，一切都是豆腐与菜香
而我是个清风爱好者。捡月光
写鸣虫中的有与无，兼及着迷于一两缕
少妇腋窝间的温芳。
病，愈于断肠草。用自己采到的毒药
毒死身上的毒。我吐纳无度，打嗝，摸肚，看云
一副宁静致远的样子很是无法无天。
江山落木我徐徐宽衣，守着门前三尺硬土，吃风吃雨
还对人说：猪肉煮石头，石头也好吃。

2011.11.16

一把光阴

一把光阴被我抓在手里，恍惚的豆粒，空的，也是硬的
我一颗一颗咬，一粒一粒嚼
有几颗被我用在弹弓上，那边有一只麻雀
或想象中应该被打下来的东西
我的牙齿，是我命给我的牙齿。每一颗都有名有姓
分别叫坚毅，转辗，酸与甜，吞吞吐吐，逆来顺受
以及患得患失和自作自受等
其中那颗叫患得患失的牙昨晚找我谈话："你手上的豆子
已经不多，没有一只麻雀被你打下来，你还要
浪费你的粮食？"

2011.3.17

漫不经心的倍数与单数

遍地都是喜宴，但野外的孤行客无法减少
无名小站来了一个无名的人，谁知道他从
哪里来？又要往哪里去
鸟有倍数与单数，在树枝上的那一只转眼间又飞没了
无缘无故我想到了谁，湖南一个，甘肃一个
心里刚多出，一会儿又偷偷减掉一个
这事做得谁都不知道，但有尺度与大是大非
深山寺庙里和尚是老的，他的香火为山下一百万人烧
他是寂寞的领袖。并且像在隔江而治
更寂寞的几只蚂蚁在庙前石阶走来走去，俨然在
各自讨生活，开头是三五只，后来是一只
并且走的漫不经心

2011.8.16

耳语者

在大地上，我擅长于耳语，或就是
深情的耳语者。对一只梅花鹿偷偷说过："要是能
与你朝夕相处，一起奔跑，一起吃草，多好。"
嘴巴贴在岩体长耳朵的地方，说了这：请答应
在你的铁石心肠中，取一寸柔肠给我。
昨天我有惊艳的一刻。大街终于出现
梦中的那张脸。好像被春风专程押解到这座小城
好像埋在空气中的黄金，终于公开
我颤抖的双唇在继续：你不可能知道，我正在对你耳语
不可能知道，为了遇见你，我拼命长得丑
并成了禁欲主义者。并经常拿
最后这一句话，去触犯周围的空气

2011.5.5

借用一生

刑满放人。烈火又变成了灰烬。肖邦的手指
最后不知被谁砍下。梵高的向日葵
也交出了自己的头颅。白石在叶片和蝉翼间
描绘着难言的透明与不透明。达芬奇紧盯着蛋壳
计算到光阴的多或少。贝多芬填完最后一个音符
永不再与群鸟争吵。而达利扭曲的钟表里
有奇怪的秒针，仿佛他的时间有另一条逃遁的路径
在人间，他们多像只为了突然咳嗽一声
这些王，伸出与收回的手，掌控着神的密码
却也命犯禁押，咆哮于肉身的又被肉身制止
过后天荒地凉。一个人一生。一个人一次
时空中又出现零，出现伟大的寂寞，永不能复制
牢底坐穿。被收监的又被放出。走人。下个是谁?

2011.9.26

鱼目混珠

许多场合，我反过来，珠混于目。久之自当是目
混了目。当然，我不是你们
但事实是，鱼混在鱼群里。事实是，珠与鱼目
已难以厘清。忍看着过江之鲫
鲫尾随着鲫，我常叫命苦
像投敌，潜伏，做地下工作者，大美不言
有多少堂皇之堂，从来庙小妖精杂，池浅王八多
混在当中，我已活不出是谁的卧底
我自己支持自己，对自己做鬼脸，说混话
也感慨，人生如寄，寄一颗珠或鱼目。某紧要处
终于大声申辩，我是另一个
大声说：这冒犯，一定要犯。他们问，这家伙是谁
在众目睽睽中
包公一笑，黄河水清

2012.9.23

一生中的一秒钟

一生中曾经的一秒钟，比一枚针慢
但比一枚针更锋利地留在
我身体中的某个部位中，那东西

开始是轻，现在已渐渐变沉；如今
我感到疼了，它被锁在某只盒子里
某只手摸出了它的锈迹斑斑。一只飞鸟

或许可以用尖喙把它衔出来
一条海底的鱼或许知道它沉没的
方向，洞穴里的蛇懂得它的厉害

如今，我抚遍全身试图找出那疼的位置
往东找疼，往西找也疼。我悲愤地
喊着谁的名字，坐下来有一枚针

站起来还是有一枚针。我莫名地
在这座城市里做事，对谁也不敢
呻吟着，而它在尖锐地与我作对

我绝望它曾经的短瞬变成了今天的悠长
变成一条隧道或一个贮藏室
取出来已经不可能，公开它

我会成为一个哑巴。冬天的风
和夏天的风不断地从我身体中刮过
我的麻烦是这枚刮不走的针

2002.10.14

拇指拷

罢了，我的两个拇指已可以不要。罢了
我再也不想翘起它们，对谁，表达出高傲或赞夸
我自己拷住了自己，作一场精神仪式。相当于他们
所说的自宫。杂碎的世相，已不屑于
一再称狂或暴怒。并牵着自己游街
并对沿途的人发誓：看，这经常闹心的东西
终于被我看住。它已经拿到了自己的罪名
对谁再也无法不屑一顾的模样。以此取缔
它的无用之用。现在，我已不再使用脾气，每每想
翘起拇指，就感到这地方已不复存在
现在，我与对面的人说，我是个没有拇指的人
说你什么也不是，我已失去肢体语言，更不想显示
内心的"牛"

2012.12.12

名器辨

在龙泉市宝剑博物馆，问：这么多宝剑中
告诉我，哪一件已砍过人？就像我常被人问到
你敢说你的诗歌，曾把谁击倒过？
我从来不信，没有沾过血的剑就是名器
血光以外，它的老底还只是块铁片
剑的寒气逼人，威而不怒，无法锻造
许多深夜，我听到过一些铁器在铮铮作响
比老虎在睡眠中，抖动着胡子更霸气
一定要理解好，好汉们上山时的投名状一说
那才是一把剑最要紧的淬火与立命
祭血时，那个叫铁的东西说我从了。
从了！这就是铁变为器的拐点。就是天与地
记下它出手过。就是一个人说不吃饭了
他坐在那里，但依然还是有人小心地替他把饭端上

2012.11.29

关于一个孩子脸上的那道疤痕

去
人
间

一桌人都在为这美妇人儿子脸上的疤痕
着急，唏嘘，拿办法。
我说了三句不近人情的话。一，这孩子未来的脸
很可能反因这道疤而性感无比
二，他今后的任何老师，已不再可能比这道疤
教授给他更好的东西。
第三句我没敢多说：天地有反证
你拥有的美，有点满，他必将弄出一个自己的符号
独立于世

2012.10.14

丽水三日

丽水三日，我在时间的皮肤上进进出出
一会是曾芹记古龙窑里的造瓷匠，一会是龙泉镇上
悠游的剑客，又在遂昌明代的金矿里
做了一个半小时的挖矿工，我隐与显，隔与不隔
辨认自己曾是谁的男人，谁的儿子
生命中积长下的技艺，分别由三四个身子
去完成，还散发出不同的气味，在这个城南
与那个城北，接受过朝廷的布匹，也留下
一些疤记，说血在泥瓷上，剑刃上，金石上，沾染过
还在纸片上涂涂改改，比如，在一条乡间阡陌
或运金的隧道里，我如何走进去
又如何全身退出来，有周全的线人，以免被
身怀秘术的人，认出这个冬天里
有人的担当太过私密与密集，简直就是个贩金客
在递烟与碰盏间，紧揣着怀里的炼金术，青瓷配方
以及九成的剑气，打手语，不说或不作
看紧一生一次性的手艺，装作庸常
装作不与深处的时空有任何瓜葛，以交还面目
重回平面上心安理得地生活，掩埋掉活过好几层
的光阴，去过与返回，恍惚的第一现场
说出来便是割喉而过，甚至在明朝的某皱褶处
遗落过自己的血，成为我合不上的口型
细雨中又开成这些散落今天的花朵
至此，我赶紧逃之夭夭，不敢去三公里处的汤公酒楼

吃下一餐饭，汤显祖在这里做过县令
我的名字与他是一对对联：一个显，一个养
一个祖，一个宗，但有共用的一碗汤
在那个以他名字冠用的地方，进去就等于出来，出来
其实还在里头，谁又能肯定，插嘴
说我们的身体不是相互间经历过一场神秘的交换

去人间

2012.12.1

我已在小城慢慢老去

活在自己的小城，我正在与一张张
相识与相近的脸一起老去。这像魔法，也像黄袍加身
"去找死"！找过去的皇帝
与曾经的江山。排队，或被唤到失物招领处
另一些羊肠小道上，牵一把或帮我推一把的说法
也正在由说变成做，由做变成一下子黑掉的惊呼
多么温暖的鄙视，我正被下一代人躲开，让道，并目送
目的是在墨水上再加上一道墨水
我对小城里卖豆腐的，存小粮的，开布店的
说收摊了吧。还嚅动着喉珠，压一句：谢谢
有点多情，但再客气也没有用
并有时候没事也咳嗽一声，意思是，我有魔法在身
你最好别挡我的道。

2012.10.3

花枝乱颤

经历了人事，越懂得什么叫花枝乱颤了
就是说，被叫做花的东西
已乐得忘记了自己的体态，再也捂不住突来的叛乱
溅出水，泼出声
把什么一脚踢开。或者
平时看得很紧的东西，突然不管，任其发出
大珠小珠落玉盘的叮叮和当当。1978 年起
我开始轮换着读正史与野史，凡正史里的花朵
开放的时候，都闷声闷气
野史里却有花叫出来的声音。我就想
能叫的花肯定是好花。花不叫，为什么要有
花枝乱颤这个词

2012.9.12

种禾说

何为种禾者？种禾者都想象着有具毛茸茸的身体
口中念念有词：种豆要得豆，种瓜也得瓜
其实心中另有一只九尾狐
隐秘，善变，超能量。寄存于枝桠间
让叶片上万事朝飞暮卷。
昨夜得有一梦，梦自己拥有十块田亩
农事做得相当整齐，间苗，施粪，绿油油
终见仅长一穗，像狐狸终于露出了尾巴
另外的八条尾巴不知在哪里。抬头看树，风吹树响

2012.7.12

188

荡漾

她一上车，我就感到一车的人被荡漾了一下。这让人
回味。并发现，这么美好的人，好就好在同我们一起
也要去上班，挤车，或者为了自己的好，去奔忙
她，知性，迷人，健康。像枝头突然多出的一枚果实
使人得知大地依然值得信赖。也像谁执意地
提上来一桶清水，明显有什么要溅出
接着，在车上的这个人与那个人之间，荡漾开来
我有点痛，会意识到鞋面，裤管，别的地方
已经被什么溅湿了许多，这像在取悦一个影子
又知道，假如我一点也没感觉被溅到
就等于活在空气中，已经什么弹性也没有。或者相当于
是这个早晨的另一个歧义。反动的或已生活到头的

                              2012.6.18

聋子听见哑巴说瞎子看见了真相

聋子听见哑巴说瞎子看见了真相
三个人终于弄明白
他们当中有一人是上帝的卧底
另两个是生出这个卧底的父亲或母亲
我们一再的在用脚做着
本由手来完成的指鹿为马，用清水写出
一篇又一篇含混诡异的文字
自己与自己混为一谈
天堂那头总是空号，人间这头一再忙音
有人在教人怎么用一句话噎死对方
而我这也有条祖传的染色体不能用
万物每天在秘密表决
让明天的徒劳，提前成为今天的天亮

2014.9.26

我知道那口钟会在我身体中醒来

睡去的和正在嬉戏的东西太多
比如前面那排静静的杨树,一致同意着
脚下那群麻雀在觅食中的欢乐
先是自由悠转,尔后变换着一个角度
排列成另外的一片片树叶
在斜坡上随意散开又集合

你会跟着进入这个场景:去分辨
那是几对翅膀?或记起
另外几个朋友的名字,仿佛他们也在里头
值得温暖,并感谢大地的温存和宽厚
一切是那么整齐
一点累赘也没有

但是,我知道那口钟会在我身体中醒来
又会说:"时辰到了!"
无论谁来劝阻也没有用
那群小鸟又会嚯地从地上飞起
变成空中缥缈的雪花
不知它们是在飞升,还是坠落

2002.10.9

光阴中的唠叨

只能继续温和地对你说起这些。昨天
我又趴在三十年前那扇废弃的铁门间，那年我十九岁
前面不远处站着死于 1976 年的爷爷，身后是
亡命于 2002 年的父亲的咳嗽声
左边，阴霾密布的纽约埃菲尔铁塔；右边，非洲大地
但明显有一条华尔街
之所以我成为今天的我，是频繁交叉地
被拉入这重叠的错觉中，而我没有责怪谁
天地依然是安定的，我在学习，积长着
在幻境中复合碎片的能力，也安静地打发着
是是非非的每个小日子，我估计自己
不会出太大的错，还一次又一次的对狂怒的人说"我信。"
可是，我还是无法叫那些老想找我争吵的人，安定

2012.6.9

水火谣

许多嗜睡者把什么事都做了。苹果树就这样
以更深的思维，按自己的章办自己的事
我们中计于迷香，用手，嘴巴，粪便，旅途
完成了安静的果核急于奔跑的愿望
单个的蚂蚁一点也不安静，甚至惶惶不可终日
而当蚁群形成，看啊，整座泰山在移动
一条多么壮观的热血的河流
我们在做什么？我们的智慧输于苹果
心计却高于蚂蚁，每一次人类的队伍集结完毕
便出现了谋士，细作，策反者与耳语者
还有，谁应该是头领与副头领的排名问题

                                        2012.5.25

单人校

梦见果然当上了深山里单人校的教师
成了十万大山中认字最多的人，除了授业解惑
门前有菜地三五畦，门后有竹笋七八条
终于看见，左右已消除了阴影
终于物有所值，将身体中长出的所有见识
归用于自己所要的漫不经心
与孩子们对一些汉字重新发音，发现秋天终于开始
发现有命的东西都在汉字里蜷曲着身体
轻轻呼吸，一些老话，被我第一次说出
夜里，在瓦屋下擦身子，泥墙外有野猪在低低的吼
一盏青灯，已安排进山顶群星中的次序
还惊愕，许多人已不能再与我一起吃饭
种下的油菜籽开头毫无动静，后来仍然毫无动静
作为过去老怕死的人，现在发现
埋在泥土里的种子，没有消息，就是消息

2012.4.25

在清明

这一天，我突然会说鸟语，好像要对世界
展开另一场讨生活，是的，这一天蚂蚁见我
掉头就跑，害怕被我拉为同伙
难道我的父母已比不上你们的父母
我还在太阳下点灯，为的是在上山的小径
一眼就认出什么，摸到的树木，昨夜里
有人也在上面摸过，也在小溪里洗手
希望在水里握到另一双手，一些草与藤蔓
被拔掉时，听到有人在说：轻一点
这一天家乡的山头，明显是另一个国家
一些话，面前的青石碑偏偏听懂了
过去，我在家里爱说什么就说什么
现在站这里想说的，轻声说不是，大声说也不是

2012.4.6

还没有到老，我已认下什么叫垂暮

早年，我往树林里放一枪，鸟会轰一声
全部飞起。现在连打了几枪
鸟还是一动不动。早年，我对前面路上的什么
抛一个肉包子，那东西就走开了
现在肉包子被接住，那东西也是一动不动
在世上，我本想只做个普通人，后来却厉害了
练倒立，哼小调，有时也会多瞧几眼
女人的腰肢，用于探究多的与少的，也问过别人
穿墙术的要诀，得到的回答是，出手易
变回来难，有一些手艺活我花用了半生才练成
山东人和河南人都认得我的名声，现在
不得不放弃一部分，原因是，我已无法
让小鸟飞起来，路对面那东西又把肉包子抛回来

2012.4.3

散章

适合一个人独享的事有：试茶，听雨，候月
或发呆，高卧，摸索身体，枯坐，念，看云，抓腮
怎么做怎么个孤君，握一把天地凉气
适合两个人分享的事有：交杯，对弈，分钱
或用情，变双身为一体，或从中取一勺，卿卿我我
捏住对方一指，莫走，谁知谁去谁留
适合三人的事，叫共享：高谈，阔论，制衡
分高下，俯仰，或拉一个压一个，度量，此消彼长
好个小朝廷，且暗中提鞋，边上放尿

2012.3.23

象形字

我管写字叫看管，一只或一群，会嘶鸣
或集体咆哮，树林喧响，松香飘荡
当我写下汉字两字，就等于说到白云和大理石
说到李白投水想捞上来的月亮，家园后院
一声紧一声慢的蟋蟀调子，以及杨贵妃与西施
身上的体香。还有这个不能丢：说到象牙
如果再写出热血这个词，又意味着
你我都是汉字的子民，一大群墨意浓淡
总相宜的兄弟，守着两条很有型的大河
跟随一匹最大的亚洲象，写象形字
使用象形的脾气，享用着自己象形的时光
现在我写下了祖国，我终于原形毕露
汉字是我的祖国生出来的象群
而生出汉字的祖国含义最狭隘与不让
在它的关联域中只有一个字：纯
纯种的纯。纯粹的纯。纯一的纯。其余的，全删

2012.3.3

一些反面的脸为什么也让我
感动落泪

除夕夜广场上放烟花，烟花炸开的一刻
仰望的人群中一个流浪汉的脏脸也亮了并笑了
他一定也在那绚烂的色彩中，要到了自己
想要的一份。而在另一个楼梯口
服刑中假释探家的丈夫，刚要叩门的手
久久凝固住，他听到妻子在屋子里说话
要女儿也把狱中爸爸的筷子摆上
镜头在延续，步行街上日常有三只流浪狗
今晚竟得到了一件棉絮，有少女
把食物放到了它们跟前，那少女已到了
可以谈恋爱的年龄。入夜，又读李煜
他才是最伟大的口语诗人："梦里不知身是客
一响贪欢。"在这里，我竟忘了自己的阶级辈份
一个帝王的悲欢怎么能也成了自己的悲欢
在这里，我把这些平平淡淡地记述下来
然后流泪，这几年常常在酒后偷偷流泪
这一次不是，这一次为那些站在我们反向的面孔

2012.2.12

在一条无名河上，我每天洗着木炭

在一条无名河上，我每天洗着木炭
南山那边，有炭窑，有不死的火种和郁郁葱葱的树林
他们做他们的，我做我的，河水也在做
它负责计算我的工时，心血，以及专注的神情
没完没了地干着手中这份活，我突然明白
什么叫怎么洗还是怎么黑。还这样想
在西山与北山脚下，也一定有人像我这样
没有为什么，没有。比如这条河被称作无名河
被我洗过的河水，依然很健康，一副叫也叫不住的样子
我也很健康，双臂有隆起的肌肉，胯下垂悬于河面的
身影，随着濯洗的动作，也一抖一抖地

2012.1.18

我就是那个等天上掉下馅饼的人

去年等。今年等。明年还要等下去。我长有一双
把傻事做到底的眼神，正在拔
门前那棵碗口粗的柳树。还指着老天说
"你再不掉下一块馅饼，就别怪我
把这棵树给拔了！"我无缘无故地对老婆撒气，昨天
摔碎过三只茶具，计算黄道吉日
要传说中的天门早日敞现。家有良田十亩
不耕，荒着
有时连续饿三天，为的是把谁感动。也对
心里的妖精说，求求你，快帮助我让这件事实现
邻居见我又在拔柳树，喊快来看啊，这个人
多么的自以为是
我说是的；天说给人听，人做给天看！

2012.1.16

师石

每次路过那块大石，尊它大师，暗地里
连叫它三声师傅。睡去的老虎
还留着斑斓的皮毛和皇上的鼻息。我在山脚下做事
其实真正的身份是失学青年，身体不能下沉
飘逸，相反的一个词：愚顽如石
信神的人在一次又一次升天，锄草者
挖到了地狱的屋顶。我在找一种叫铁石心肠的东西
几弯，几节，一定不是饥肠和辘辘
石门里，看见了一片油菜花，看见人间的小病
光阴中的沉默与坚硬。生长着白云的地方月亮不出来
却摸到一寸又一寸的金黄。终于还看见
自己胆囊里的那块结石
它有别样的色彩。精神的病灶上，长着一块雨花石

2011.11.11

在长门海口

这里叫长门，附近三处分别叫七尺门，天堂，海尾
名字都反人间，无疑有人惊呆，对景流泪
一喊就喊出声音里的石头
渔民们把一堆铁锚扔在岸上，没名没姓，样子很修远
仿佛天上，还有别的船队，仿佛有的航程必须再来一遍
面孔诡异的鹅卵石满滩都是，互不作声，星宿们
正躲这里栖息，没人打听它们的来处，没人
自己把自己吓一跳
渔娘们走下滩的眼神，里头传来不同的喧腾声
大海的花园，翘臀，大蛮腰，露着浑圆的双肩
摆船去前面荒岛，我不想回来，那里有
爬上岸的螃蟹，不讲汉语，但满嘴都是泡沫

2011.10.25

去人间

时常对人说：要再次去人间。说完就突然
年代不详。还对人说，我们再来一次
旧瓶换新酒，或者摔碎。路边有莫名的手
拉我到一旁，说那面没有跳过去的
虎跳峡，就由你再跳一遍。这让我
反对这与反对那，和陌生的熟人说话
仿佛他们都要锯掉，果树那样再嫁接一回
有动物朝我咧嘴，它定是遇见另个朝代的
另一只动物。夜里，我疯狂地搬石头
家园，也要绕开重建。我成为全新的什么
手上的法则让人望而生畏，大声说
这条河流错了，那河床已违背了世上的时间
一些标记，建筑，全都留下了斧痕
所谓更人间的路径一下子多出来
同时，我留下某句话，这句话长多少宽多少
已忘记，但我听到他们在议论
说这个自以为是的人，这回还是没有走成

2011.10.9

齿轮

说不出什么叫舒服，舒服是一种难度
到处都是齿轮，卡和卡，不卡和不卡
按自己的姓名和脾气转动
时空的，电子的，男女的
长在诗歌里的，以逻辑看住左邻右舍
菜地上冒出来的，招呼着大手大脚的牛羊
我身体内也有好几个轮子，从学术角度观察
是这几个疯子去扭住另几个疯子
被我平衡下来的，曾经看都不看
任何人的眼神。其中还有把脖子扭来扭去的
现在，我一听见里头发出一些响动声时
就知道，谁正在闹它的别扭

2011.9.6

宗教史

事情越做越简单，并且只对着衣架做
清晨与夜间，三件事：脱衣，着装，顺便瞧一眼
自己的身体。
三件事现在归一，只做一件：脱衣
继续脱。
每天我都这么说："拜托了，我已游离出来
快乐与烦恼都吊在衣架上。我衣冠楚楚
无论出门，上床，都是轻的，妥当的，都是裸体。"
这便是一个人的宗教史
昨晚还嘟囔过一句：又结束了裸呈的一天。

2011.8.13

清风书

太多的人生病，是我在替他们吃药
结果，病好了！反过来
我病了，青山上找不到我的草药。无医，无方，无药铺
或根本没有人知道，我得的是什么病
我只好吃清风，吃明月，吃鸟鸣中的一无所有
吃清风中的一两句叮咛
药引子一贴贴，由白云送过来。这病怪，他们都长不出
我一次次喊：好苦的药！一次次要家人
往碗里再加点糖。结果，病也好了！

2011.5.13

花地

她向我展示了妊娠纹，一坡花地，汹涌的波纹
与谁的技法。上面有夜色和银铂
异质相融，以及梦的痕迹
大师是蒙面人，在某林间带，只一闪而过
但密笈在这刻曝光，仿佛一片狼籍
却符合激情的脾气
掺进来的欢乐，如今片片呢喃
在光洁肌肤与鱼皮间，瞬间汇合
真是有血有肉的旗帜，并被小心置放
这女人身上，炽热的火焰飘动
我怎敢说写过绚烂的文字，简直是瞎了眼
并或许是文盲，起码
另一种母语，拦住我，重新呼吸

2007.1.6

有问题的复述

"照镜子的盲人，是终于得到镜中真相的人。"昨天
我终于把这句话又说了一遍。而最早
它不属于这种表述："照镜子的盲人
是那面镜子所要的镜子。"去年，我其实
曾将它改动过：
"照镜子的盲人，是镜子所要的最完美的的人。"

2007.2.23

五月四日登目海尖，采花记

我根本做不了把花朵称作女儿的父亲，也不想抵御
上天布下的迷魂阵，我肯定要老病重犯
并愿意再犯一次：提着灯
在空气里嗅来嗅去
这漫山遍野的杜鹃都是我的，都是我的
我一一叫出它们妖精般的名字，还安排了妖精们
今晚的宫殿。我是大地喜爱的病人
喜欢摸桃树的耳朵
对春天的小虫言听计从
在世上，他们一直限制我说醉话，魂不守舍，内心起火
像现在
一个人在山上大喊大叫："我就是你们
要捉拿的采花大盗！"

2007.5.5

戒毒所

这里有流口水的鸭嘴兽，爱摇头的地鼠，错误的公主
忽无忽有的身体里的蚂蚁窝
以及富翁与穷光蛋要共同抓住悠悠白云的技艺
这里在研墨，反向着工作
从黑磨到白
许多骨头被拆下，敲打，重装
鸣虫带着想飞的人飞来飞去，也有人
要往自己的血管里投河
这里，胡言乱语被说得无比正确，比如，一个梦想家
正问着另一个梦想家：
"昨晚，你搓洗掉多少条蚂蚁的肠子？"

2007.6.24

坐拥十城

东边有两座城池造反了，北面的还没有
北面还插着我的旗，西边有旱情，南面下着雨
我一个人过着多么混乱的生活
在斗室里嗅来嗅去，点着十盏灯，看哪一盏率先扑灭
要派鸽子带去鸡毛信，还有给困在另一座城里的王后
发去信息，一些蚁群说粮食不够用了
衣袋内几枚硬币，正反面翻来覆去
星象忽隐忽现，版图忽多忽少
为了让十个指头能够按住十匹悍马
我通宵达旦把钢琴弹了一遍又一遍

2007.7.25

食牛耳者说

作为遗世的耳背者，老中医嘱我
吃牛耳，也要吞下牛耳垢
多想想花开花谢的声音，并探究
对牛谈琴的左右含义。我双耳幽黑，吃什么补什么
也有牛脾气，也不当谁的知音，没有一听响雷
便说春天来了
我长有他们得意的病，对人世的话语权身负遮蔽史
这世界真够骚。爷听不见就是听不见
我一手执牛耳的宽厚，一手推开弹琴者的十个指头
大声说：天妒我耳！

2007.10.27

赶尸

如果是赶尸，这几天我们这队人马正好是
我从湘南被赶到凤凰城，又从凤凰城被赶往张家界
在芙蓉镇，在那个古渡口，我脚踩江面一再打转
赶尸人对我施术，念念有词
要村民把门关紧，把狗拴住，把小孩的眼睛
拿到别的地方
捏着口袋中的几枚硬币，我大口大口吃风
把太阳当作唯一信赖的人
张家界有三千面悬崖绝壁，我一会儿
在崖上，一会儿在谷底，并拼命在身体中分出
另一个汤养宗，我喊他的名字
生怕他骑上别人的马匹，生怕他睡在一棵
银杏树上。后来是长沙马王堆
果真有具千年女尸躺在那里，有点面熟
能一下子想起另一座城池里的超级女生
前一刻还在唱歌，现在几乎可以
把小手一摸再摸。那么，又是谁把她赶到了这里

2007.11.11

在特教学校，看智障孩子们做游戏

他们当中有五个人坚持认为，石头在夜间
会意外长出小尾巴。有三人在指责别人头脑太慢
不会将左手放在右手上，不会用右手
对左手说话。这里设有专业
有一门严肃的课目叫"感知"。有人在绕口令
牛头，马嘴；马嘴，牛头
而另两个在争执，一只玻璃珠，再加上一只玻璃珠
永远不等于二。他们确信：没有二，只有一
我也暗地里加入运算，比如一首诗歌
再加上另一首诗歌，同样不等于
两首诗歌
当我把这问题转移给另一个小女孩，她回答
"你和他们都在乱说话。"

2007.12.6

我的舌头我的方言

我节省，一直靠自己很小的方言读字
靠舌头下的喃喃自语，写。
舌头下的三米内是个操同样口音的熟人，他说话时
把说话当作药性撒在空气中
依靠着自己的星宿，话柄和腋香
我不讨好的舌根，固执，霸道。好几次小学女老师
纠正：这句话是这样不是那样
一块小石头含在嘴里，竟然有点甜
我离你们太远，有胎记，养着自己的智牙
也养着似是而非的牙虫
一想到还要把诗歌带出去，还要依靠它们
把什么说成弯曲的样子，我就紧张
为让你们看清我不成形的双唇
我鞠躬，同时不知道
自己鞠躬时，那是一副什么模样

2008.6.10

这一年，我又一直在犯错

这一年，我又一直在犯错。要在大街上
领回一个母亲。十个脚趾丫
每天在痛恨自己的鞋子。荆刺埋在肌肉中
还喜欢拿手电筒照来照去。不厌其烦
说到一块玉石的气味，好象谁听不懂
谁就不该有这个白天
小巷边，看下棋，还与下棋人吵架
多么好的江山，他——丢失
也在网络上下载过人体，一项神秘的工作
有用吗？但是眼睛不听话
就在昨天，我还买到一张乘往火星的车票
在那里，我有一个约会
是的，有什么坏了，比想象的更坏
比如
全城正在区域性限电
只有我一个人的电灯泡是亮的

2008.7.17

盲人传

作为一个记号，他们说这个记号疯啦！他们说这个瞎子
为什么白天黑夜都提着灯？
他们说这不是在唐代，可以养个人的萤火虫
甚至把月光卖给谁
所有的人已可以在马路上装瞎，只要戴上墨镜
就有志愿者上来引路，汽车让开，红绿灯作废
世界停下来三分钟
而我真的是瞎了，他们才是我的蒙面人
这病在一只鸡蛋里
他们喜欢踩脚，并且不知
稍不留意谁就会把我弄死
我的命怕挤，怕车，怕墙壁，怕下水道，也怕
大象腿与柱子的传说
我点灯，我说："注意啦，这里有个瞎子！"
我还得说：请长点眼。意思是，你有好眼睛但不一定
就不是盲人
我比他们好，手上有盏灯。

2008.7.21

最后一颗子弹

我没有枪，但常常告诫自己：最后一颗子弹
必须是留给自己的。
多么没完没了的突围，也根本没有后援部队
眼看着身陷孤绝的山头，围上来的敌人
已越来越多，这就叫走投无路。弹尽粮绝后的问题
不得不一想再想。
我到底在与谁战争？坐在太平世界的木椅里
每想到这问题，我就冒汗
一冒汗手就会下意识地往衣兜里摸
仿佛那里还剩有最后一颗，自己给自己留下了
压轴戏，提醒着，还有这
最后一击，食指对准太阳穴，对世界说：就这样吧
在模拟的宁死不屈中，枪响了，今生不了了之

2011.6.24

辛卯端午不读屈原读李白，札记

辛卯端午，日西，远忧愤，亲欢乐，不读屈原读李白
喜欢这个把生命当一场欢宴的人
结果，还是被不可一世的空茫弄哭
小腹发热，想撒野，倾泻，对江山，对乌有的头顶月亮
多么好的汉语，四脚腾空，踢着壮阔的虚无
这样无当的人皇帝为什么不杀他，一定有
更大的皇帝说刀下留人，要让他继续作浮云
继续自以为是地水中摸月，空着手，说我怀有大悲伤

2011.6.6

三个场景时间里的一个叙述时间

"在街边，有人摆着棋局，然后在
一旁抽烟，直到天黑。"这是我
十年前写下的诗句。近日我又写到
诗歌里的另一场迷局，点到了白头仙翁
千年狐狸精，白蛇与青蛇，我把指甲
剪了又剪，为的是修身与变形，有救与没救
而另一个时间，我还写穿墙术
我的仇人在尖叫："多么没有理由的闪电
这畜生，竟做了两次人！"
这些散裂的，在迷漫中煎受困顿的
终于窜在一起，它们均属于同一首诗
甚至是同一句话，随处摆放
三个场景时间听命于一个叙述时间
但这绝不是我个人的谜团。而是这个身体
在向那个身体鞠躬
用一个病人对待另一个病人的态度，相互问安

2014.2.9

过半百岁又长智牙帖

4月18日晨，刷牙，往嘴腔里的一个火山口一摸
虫子们闹事的深渊里，竟又长出一颗智牙
相当于星空出现新星座。你们一定要原谅
我老来得子。还要原谅，林子间冒出来的剑客
我的身体在改动，按老脾气，本已整齐
比如我长成的文字，平衡术，一旦遭删减，无异剜肉
更不能多。多是由呼吸变成了呼噜。难看的
第十一个指头。或者正遭受注射。而这回是更新
电脑在修复漏洞，一键还原。一个哨兵倒下
另一个又要到他要的战壕。前些日子
有人往我博客里贴字：越老越急。现在不单是急
还长出了新牙。说明我依然有本事把说过的话
说得像第一次说出。我不但可覆盖自己
还将用这颗牙，去啃比你更新的东西。可这又怎么样
我追究这颗另名智慧牙的家伙，你来干什么
来跟我继续吃苦头？啃难啃的人间百般硌牙的问题？

2011.4.21

许多人的脸后来都走样了

大街上，许多人的脸后来都走样了
或者叫走动，一只动物，从这张脸
跑到那张脸。篡夺与捕获。下了手劲。时光之兽
从下水道跑出来，朝一个个睡去的人暗笑
顺着那些叫做内侧或者外侧的地方
使用了刀法与爪子。我也感受到了脸上的雨点
无论走得快走得慢，都够得上称作挨刀子的
我的脸也像教堂的外墙，剥落着土粒
连同一本经书破损的封面
头顶神明
任凭我越活越没有人样，睁一只眼闭一只眼

2011.2.13

鹧鸪调

我想，就在我与你说话的这会儿，我们是能够听到
几声鹧鸪的。只要你脑子不是太快，稍微停一停
福建这边，江西安徽那边，稍远一些的云贵山头树桠上
都有鹧鸪在叫。声音有些闷，有几厘米或者一公里
不等的尺寸。有时，元代的月亮会在这叫声中重新回来
如果再按住自己，趴下来，耳朵贴到地面
还发现谁已变了调门，返乡的铁轨，人头转动的农民
也一声追赶一声地，发出呦呦的鸣叫。垃圾场上另有几只
被拆了房，躲在寒风中的人，喉咙里嘀咕嘀咕响着
已辨不清是人是鸟。这些声音已不像是地球的，但无疑
是故乡的。这是鹧鸪调，中国古诗词的一个词牌
总有人在空气寂寥到不能再寂寥时，仿着这鸟儿啼啭

2011.1.15

224

暗物质

去人间

没有办法，我跟你们就是不一样。不握手。更不是
你们拿到的那一份。我不发光，不感光，也没有电磁辐射
我让你们够不着。也让你们瞎热闹。让你们有
形同虚设的集体，甚至吃饱，还是等于什么也没吃到
你们会明白：一人向隅，举座不欢
你们心里发毛，邀我入座，我还是看不上轻易就发光的东西
没有办法，许多快乐都势必无效，许多对你们
业已成立的东西，显然都琐屑，不地道，理由崩坏
作为你们相反的黑暗，我是一句你们听不到的黑话
类似于盲人画在地面上的符号，正使用着自己的坏脾气

2010.12.13

伤别赋

又一次将自己塞进长长的列车，相当于，脱鞋上榻，
　卸衣入梦
去远方。去继续纠缠。去寻找他的浮云。见证何为身
　家与天涯
在人间，我服从于一头魂不守舍的走兽，又去江山深处
送自己如送旧友

2010.11.16

重阳

上午无法登高，下午无高可登，晚上
在一场酒事里，终于好事促成

高高的酒，一步一个台阶的酒，在山顶有大风吹来的酒
我终于看到了空茫，这千人插足，你要我要的空中之茫

2006.10.31

总有一天

总有一天，我会变成市井野老。钟，被人拿走了铃声
生活只剩下边旁。比如还要活下去的"活"
那边的水早已蒸发，剩下的舌头，自己说给自己听
又比如我妻子的姓，林子变成了单只木头
也不知被减掉的是左边还是右边
我身上的一草一木都在走动，再也抓不住一些根和叶
又一颗牙齿脱落，相当于地理名词在丧失
还常常念到另一个人的名字，那个人正是我自己
他在别处争宠，已不管我的痛

2010.10.13

我与们，我或们

我们。我与们。我或们。请支持这样的说法
棉上加花。铁上加锈。或者，一头狮，加三头狮
再或者，我和们说话，加一台测谎器
狼群在作战，各有分工。分食那阵子
我是我，们是们
蚂蚁也分工蚁和懒蚂蚁，我命好，我是懒蚂蚁
我心存感激，我到处跑，就是找不到哪个是们
那人受人尊敬，做过很多善事
但最后参加他葬礼的人数，取决于当天天气的好坏

2010.10.10

在成都草堂，想对杜甫说的一些话

有两间草房，三分水田，这已经是何等奢侈的心事
做一条鱼，给半脸盆的水域，我已足矣
一般来说，大市井都很乡下
我和你才辽阔，一说起秋风，我们的嘴型是一致的
好比正赶着一群羊，通往木栏桥，惆怅很密集
这些寒冷的动物要分配给谁与谁
而朱门里的人，现在正盖房给我们，不是给
是白云悠悠的样子，我抬了抬头，说声好天气
工部兄，早已经是广厦千万间了
可我就是遇不到砍柴人，木匠都转行在京广一带当农民工
如果今晚相遇，可借你茅屋一角，一宿？

2010.9.30

狗子说

与作家狗子喝酒。这个啤酒主义者说
"我来自京城，家底学历显赫，而你
偏安一隅，甚至这县城，只是座小镇
为什么，你器宇轩昂须眉高贵
可我，不过是，狗子？"
我答出了两点。一，你生于小说，我生于诗歌
在血统论中，你先输了基因
二，阿凡提的理论：谁缺少什么谁就需要什么
在幅员辽阔的乡下，我拼命让自己活得高贵些
而京城，许多人想成为狗子。

2010.9.28

夜深人静时你在床上做什么

夜深人静时你在床上做什么？我正闭着眼睛
练习飞翔。或者跳远，当然
屁股一次次栽在想象的沙堆上。在床的
那一头，有脚后跟下意识蹬踏的磨损处
让人想起导弹发射架，或者两省的交界地
妻子会猛然惊醒，责问我又捣鼓什么
有时不是这样，类似要穿墙而过
第二天清早，额头上有不明不白的肿包
像致敬，像永远没有名字的人，深情一吻
也有极少的得意之笔，我呓语，学蛙鸣
一声，两声，而后引发田亩上一整片的鼓噪声

2010.9.21

南人吃米，北人吃面

南人吃米，北人食面，我每天吞下凄惶
这狗日的粮食，已在身体里积成了水库
汹涌的，澎湃的，像世界要我负责到底的一肚子坏水
南人讲究吃相，北人讲究吃福
吃后都有窘迫，吃完后大家再去吃苦头
为什么我老吃凄惶？我家乡这样说："扣扳朝上
枪就能打中天空中看不见的飞禽。"
其中那看不见的飞禽，我的眼睛还是找不到它
确凿的位置。而天空中有南来北往的大雁
它们躲开北方，又躲开南方
它们躲来躲去，弄不清苦头在南方还是北方

2010.9.3

在一次次搬家中我的身体一次次在减少

又要搬家，又要对自己自作多情，又要跟心里那谁
说声再见。有一个称呼是对的：半边人
身上的气味一直在掉落，减少，住过的旧房里
依然有老虎看管着某个人，比如那张书桌前
有个王位和影子。而那丧失的空间里
另一个人正在踱步。在这扇门
与那扇门之间，打招呼就是白日梦，那很有趣
这个问那个："你怎么还赖在那里不走？"
相见成了猜想，就像手掌上又长出
五个指头，并要在身体中跑进跑出。一只小狗
在树墩边嗅来嗅去，它在寻找出门时撒下的那泡尿
我也这样，不但讨好昨天，还讨好自己的臭不可闻
每天我量血压，不是高了就是低了
却没有谁说出当中的奥秘。我是个
总想抓住自己的人，可还是不能制止自己
一次又一次被搬来搬去，沿街上丢了一块又一块

2010.8.2

无名小站

希望你读到这首诗时说你就是那永不再降临的人
在那个无名小站，列车就要开动
你在对面车窗里深深地注视着我
难以言传的眼神，再也抓不住的时光
仿佛我是你今生追究的某个传说，呼喊也来不及
一场生命的惊动，若无若有的有，若有若无的无
我向南，你向北，我回到江南的故乡
你不知要在北边的哪个站口下来，或者回到一朵云上

2010.7.18

养一只狐狸作宠物

中 国 好 诗

第

一

季

我终于实现了自己的痴心妄想，养宠物，养了只狐狸
给自己布下迷魂阵，在自设的
陷阱中，一下子来到天堂，用它的媚
提醒每个日子，这边有味道，那边也有味道
我自言自语："江山统统你说的算"
而我只负责腰身，负责挥金如土，也负责自己的心跳
这私了的私生活，让我在春风中不断换鞋
去桃花谷狩猎，填香艳之词，还大摆宴席，与妩媚
喝交杯酒，我要用这快乐，证实一个人
可以跌多深，是不是也能用虚拟的罪名
为自己的欢乐抄到一条捷径
这张嬗变的脸，让我忘记了谁是畜生
多么甜蜜的收养，终于让一个男人自以为是地捏造了
自己的坏，像在午夜间作一次莫须有的飞翔

2010.7.14

留守村

这座村庄共住着八个老人与十六颗牙齿。"我这里
想要个女子当草药用，已找不到。"而病痛
仍在东家刮着西风，在西家刮起东风
与这种语言几乎同步的，是村后风水林中
走来走去的大树，它们心事紧，在延续以往的串门
鸟鸣声我听得懂，再次发起了生儿育女的话题
我想留下来当名私塾先生，我的学生
是溪流中的小鱼与瓦房下的麻雀，我想好了第一课
并一个字一个字教它们发音："白云，白云
你们的父母在老家正一天天变成了石头。"

2010.7.6

偶然与必然

中 国 好 诗

第
一
季

早年，我老师向我解析偶然与必然的关系
说一只内急的鸟从天上飞过，你偏偏是那
翘首仰望的人。结果，它的粪便落在了你头上
这是一个偶然
但它由两个必然组成：内急的鸟
与翘首的你，在合适的时间合适的地点
选择了合适的你。所以，白云之下，舍你其谁
所以天意如此，你应该脱帽致意
——谢谢，这让我自圆其说。迷恋天空的我
终于领教到天地玄机，舌头打结，如获大奖

2010.6.26

寄母亲

我现在酒量小了，午夜后才回家的事已基本没发生
你儿媳仍看着我的杯子。汤圆已出去工作
在大杰那里，他们以你的名义走到了一起
现在我接着要做的事似乎少了
有时街头的老女人会让我以为是你，你要是在多好
我已有更多的时间陪你，或踩着三轮车载你到处转
你说停下就停下，像街边两个真正的闲人
还想对你说的是我的头发已全部花白
比其他兄弟都来的快，左额头的一绺特别像你
我在另一首诗中说到自己是件人间遗物
就是说我还在被谁寄存着，有点不值钱
会变黑，直到最终无人认领，散发着越来越少的气味
大年初五，我们又回到老屋去看你二老
回来的路上，我在你坟地的附近足足逗留了半小时
我没有说一句话，不知道说什么才好

2009.3.25

做我的小事，养我的小命

中 国 好 诗

第
一
季

一生必须做的事与不得不去做的事有
每日记起自己叫什么名字，这个名字
一喊就天亮，难缠，却要继续捍卫下去
问心无愧地领些碎银，伺候嘴巴和小命
夜晚安静地与老婆睡在一张床上，也在空气中
嗅来嗅去，比如，谁在挤牛奶，那丰腴的银行
一生不得不去做的事又做不好的事有
关心白云但不知白云是不是也关心我
怀抱祖国又觉得自己的怀不够大
跟蚂蚁说话，养一些石头，把汉语改成
我一个人的语言，研制毒害我命的毒药
反对自己，像一根绳上吊将爱情进行到底
一生做不好的事但终究会做完的事有
继续自以为是，给统计学凑个人数
已捏造出多边形的时间最终又服从了它的线性
每天练习穿墙术，并坚持这伟大的偏见
人生苦短想喊停，酒偏偏还要长长地喝下去
跟随桃花，桃花还是在另一座山头上开了化

2010.5.5

拧紧的水龙头还在滴水

拧紧的水龙头都还在滴水，像谁还有话说
一个字一个字说出来，开头是厨房里洗菜那个
洗脸盆和淋浴器也接着来，我夜里读书
会听到一滴滴冒出的滴答声，就感到
身体正出现新的裂隙，那个抽水马桶
也有问题，有时的梦境会续上它汩汩的样子
仿佛自己正在拉稀，要把肠胃中的谷物
——清算出来，在这个交代不清的
吃来吃去的年代，莫非我患有肛漏症
前两天，屋子外头用于浇花的也开始作怪
而邻居正在责怪那个如花似玉的闺女
骂她走心，所弹的钢琴曲老是跑出了杂音
那又怎么样，连我一向看好的某影星
最近也在故意走光，我现在要去想的是
浇花用的这个，要是在夜里，是星星
在计算不断掉落的响声，而我们耳朵都不在场
手更是用不上，手经常是没有用的
这是我的家，到处在漏水，什么也拧不紧
修水管师傅老叫不到，他们的手艺也越发可疑

2010.1.7

戏剧版

我多么想，在这个中年之暮再次登台亮相
占山为王
身边喽啰簇拥，大地反复苍黄
山下娘子们乐道我的好色，私塾先生
把我说得口沫四溅，抑扬铿锵
接着，我又被神仙点化，我由两只脚
变成了四只脚，仿佛这般才有轮回
才显出谁对谁的跌宕
我趴在地上，不是公的，也不是母的
没有同类，也没有异类
因为经历过真正的男盗女娼，面对市井上
奔走的男女，已经看也不看

2009.2.11

一个挑鱼苗的人也挑着一担幽灵

那个挑鱼苗的人也挑着一担幽灵。他的左肩点有火
右肩刮着冷风。他肩挑的东西也叫种子
这叫法令人心事摇晃。这些
有尾巴有鳍刺的小家伙，都来自我的老家
它们有名字，有部分属于祖上的先人
我在城里做事多年，能辨别的星星已越来越少
但我认得它们。绕着这担鱼苗
赞美它们人所不知的面孔，实际是要蹲下来多呆上时间
它们有的被我摸到，我喊声大伯
没有谁注意到这当中的秘密交往

2009.9.24

我命苦

我命苦，患有梦游症，总按捺不住
一次又一次摸进自己的迷宫
我欲罢不能，还自以为是，还一次又一次
在黑魆魆的空气中，做下一些手脚
还认定，自己篡改了人间的某些东西
躲着所有眼睛，我水中摸月，也练习午夜飞行
像怀揣天机，更像俨然的君临，把所做的事
看作是高高在上的事。他们说
这个人已鬼魂附体，担心我突然蒸发
抓不住自己。担心我真的要飞，永不再回来
而云在青天——水在瓶
他们会说：好啦，没事了！谁叫他
老是与看不见摸不着的什么，以命相拼

2009.8.1

纸枷锁

每到一个时候，我的村庄便有人戴上纸枷锁
上街哀号。那人坏脾气，要拿自己的时间
跟老天爷做交易，他朝天空大喊大叫
要求从自己生命中，减掉十年，二十年
加到另一个病人的血脉中
这事关冥府生死簿上的大事，必须
戴上枷锁来乞求，用生死作抵押，要谁答应
让那个名叫铁石心肠的东西，软下来
他喊到："我满出来啦！满出来啦
请快快拿走这多出来的部分！"
像一担谷子，分十斤，二十斤，赐给揭不开锅的人
像我们有点多出来的钞票，有点变坏的爱
也需要删除，也要反过来求救
也可以戴着纸枷锁，一脸悲情地跪在谁跟前

2009.10.30

试着在三十年后读到一首汤养宗的旧作

作为一个时光魔术师，三十年后，我回到一首
汤养宗的诗歌中。文字已变成魔镜
我看到了他壮年的身体，他那张还在燃烧的嘴唇
过去的火与眼前的水，他大大方方的情欲
大部分语词依然神经兮兮，依然没有谁看管的样子
辨认成为相互的鞠躬，辩驳从两个身体
又达成一致的一个人
那么好的火焰，仍旧被控制得这么隐秘，着实的
显示了一种工艺。我读到："我的未亡人，你看见的光
尽管有点假，但一定是刺目与庄严的。"
那时，已不知谁是听者与说者，但我心口在紧缩
指头在几个关键的字眼上停下来
那里没有讨好，没有向谁低头
也没有狡赖与搪塞
仿佛只有完美的病人对另一个完美的病人
仿佛一个苍老的父亲见谅了他苦难的儿子

2006.5.17

在黄石矿山公园

黄石矿山公园的石头上含铁又含铜
过渡处并没有明暗关系，比善于
使用糅杂手段的大师有更不讲理的纹理
我主动与同行的陈仲义谈到诗歌里
乱中取胜的问题，没想到
这个建树于形式感的诗论家，刚接过话题
就被我一口烟噎住，边咳嗽
边罗列出我诗歌里事象、语象及无象间
相互走动的关系，他的闽南话与我的小语种
仿佛拗口才是魅力所在，说最恣意的文字
总是在乱开花中结出正果，而胆怯者
绝不能窄处生宽，他感慨
现代诗中正在流失的意境，我说没什么
能逃脱，诗歌与矿石一样有彼此拥戴的相间色
异质共生的还有，在此聚到的诗人们
一群吃青春回头草的人，同样
被谁在时空里做过开合的手脚，令在与不在
有了置换，各自的冶炼术，也在认领
与放弃间，统摄于暗流涌动的逻辑
而附近就有亚洲最大的人工采矿坑
有人还在底下作不懈的挖掘，文字的矿井里
也不知道最后一块石头是哪一块石头

2013.5.11

天坑口

在重庆天龙天坑口，那真是大地的突然。他们问
这是天龙入地，还是地心的灵魂出窍
关于窟窿，二十年前青海诗人班果对我说到
另一件事，一少年随父长途朝圣，路遇强人
遭刺。父亡。少年复活
腹上留下了一道疤痕，却从而
能全篇诵下失传的《格萨尔王》
天知道这是哪一种漆黑的坑口
而昨天，一个愤怒的诗人也对我说，他就是天坑

2013.5.8

一个人的村庄

弯腰把头深埋进井口的人，是这个村庄
唯一的人。他朝里头喊：
"井下有人吗？"井下的声音
把他的话往下传后又传上来——"井下有人吗？"
他的头越埋越深，越埋越深
最后，活象一只蜜蜂叮在花蕊中
只剩下屁股

2006.7.6

铁匠

这个铁匠的闪光点已经被人写干净
我来写他的反面，写他铁器中
并不光滑的面积；写他的粮食
全是粗糙的，全是人们餐桌上坚硬的铁屑
仿佛他胃肠里也有一把重锤
锈铁得到了回炉，锻打发出了声响
写他的文字，用于最简单的记件
他上午的"正"字只写出四划，最后一笔
肯定也是件值得赞许的器具
现在我要写到他的女人，一个幸福的女人
她的男人没有一点毛病，她最懂得
什么是身体最要紧的锻打、淬火和造型
在女人堆中，她已经
是一件很值得骄傲的利器

2005.6.17

桃花岛

如果要赞颂，就赞颂你胸前的
那颗小痣。妖娆的密码
独立于你的身体，有说不尽的好处。
一只蚂蚁
又带着自己的铃声，出现
由小变大，来到我双手刚好可以按住的位置
我跟着一个成语写下：窥一斑而知全豹。
我们的国家，已允许人
买下一些无名岛，并命名
可以置下别墅，种花，养草，拥有产权。
那么，它是我的。
你的身体如果是既成事实的完美版图
已有统治者。就请把这颗痣
永远许给我，并容忍
我这个披头散发、放浪形骸的桃花岛主。

2005.5.26

亲人

亲人是一个增数，也是减数。
二十岁以前，这数字
一直在扩大，我由一个小弟
被叫成了小叔，小舅，小老头
一位读初三的女孩对我说：这就是逻辑
可时间的斑点不同意这种加法
一项简单的运算开始变黑，变扑朔迷离
使我的一些亲人，被无端删减
变成比零更小，更痛心的东西
在欢聚的日子里，在融融的桌面上
我依然会与亲人们谈笑风生
却又忽地点了点
桌面上那些永远缺席的人
在心里说一声
——"请大家看管好这个数！"

2005.5.25

未完成

有时我左手做事，并没有让右手知道。
萤火虫，放在《赞美诗》
第 107 页。彼此懂得对方的光
却没有把手里的东西显示给另一个。
它们多么对称，均使黑夜
向附近移动了一下自己的位置
身体的与文字的，像我的十个手指
安放在各自的名称上。我转身
罗伯特与玛丝洛娃的一段对话也随我转身。
桌面上那两样东西依然没有握手
我也不给提示
看它们会有什么情绪

2005.5.16

神秘地图

由于这幅神秘的地图，我是公开的，也是
不公开的。嗅着陌生人身上的气味
盯梢许多门牌，我走出福建，进两广，出西北
在铁板下面，留意花朵要开不开的表情
依靠镜子，看到更多的镜子
9 月 20 日，停歇于一座铁桥
看见远处的苹果林已经熟透，暮色中
有谁在喊着谁
我开始感到不对，曾抚弄过的笑脸
梦呓中的住址
甚至遗产，矿石，在风中飘忽过的接头暗号
这些已要一一排除，这吊诡的图示
总是多的，也是少的
眼看年事渐高，再无攀越的山头，河流全部转向
现在，我要把它交给网络与白云
交给国家地理杂志，我要交代我的朋友
这忽明忽暗的地形，纠缠我终生的地形
有时会疯狂作怪的地形，当以后有人
想接着查明它，就请他做件好事，也顺便
查一查，一个名叫汤养宗的人

2008.9.20

清明余语

五十余岁的我，手摸相隔十余年的墓地
深也十多年，浅也十多年
我在外头，父母在里头
十年也热，十年也凉。十年两茫茫，十年的掌心
总是握一把空空的心跳。这就是，人如隔
却也是肤之亲。肤之有，肤之无，我爹我娘
又要喃喃自语：我也是余数
桃子般，在寄，终被谁摘下，放在相同的篮子里
话也是多余的话，正是
桃李不言，下自有手。迟早落果，再聚首

2013.4.5

让一个女人找到忘记岁月的方法

让一个女人找到忘记岁月的方法
是让她找到一棵小草披到腰肢
的秀发。让她在火星上
生下一大群孩子。让她呕吐
吐出来的都是月光的唾液
让她争吵，为了一块来自
豹子咽喉里的宝石。让她
惊惶：她光洁的额头，已成为
通往大海的路标。所有深呼吸的人
开始懂得，只有汹涌才可以叫作生命
——最重要的是：
让她读到我的诗歌
说身体终于中了一次头等的大彩！

2005.5.19

要紧的

什么要紧？月光的气味。蚂蚁心脏
心脏里的黄金。一朵白云飘过
人们对它的谈论。什么要紧？一首完美诗歌
当中有意的空缺。有人叫我小名
它被我听到。一枚钉子或一面镜子。
钉子在墙上，它留在身体中的感觉
一面镜子里，我的左边
所出现的老虎。它们都有普通的姓名
却又有第二种叫法。像海洋的蓝
说出来，还是蓝。
帮帮我吧，我想留在它们当中散步
总是要被打发出来

2005.5.17

前往父母坟地的路上

前往父母坟地的路上，一些不同的野草
奔跑了起来。一朵勿忘我撇着嘴说：
"你的母亲昨晚还抚摸过我
看见了吧？我是有体温的。"
我有些不安，却只能像一个哑巴
继续听话："他们两个有时坐在月光下说话
话里头，好像还有什么牵挂……"
说这话的苦楝子，声音是湿润的
有几棵草已经跑到前面去了
远处，有谁咳嗽了一下。
而这句话我听得最清楚："我们都是证人
我们都知道，你就是那个最小的男孩。"

2005.4.5

蟋蟀

和身边那块石头一样，它有自己的精神病史。
有时怀疑左边有一只腿是黄金做的，有时不是
感到它有风湿病。还欠着一家青草药铺的药膏钱。
一群又一群的蚱蜢，飞蛾，蝗虫
声势浩大地走上农业版的版面
甚至被比喻成云朵，几万吨的面积。
病中灰暗的一粒，它退缩
摸不着自己的阴影，用手电筒
用蹲下，用听诊器对心脏的关系，才能找到。
在大地的草根附近生活着
夜晚也不是它的，到处都是响亮的嘴
只有手提灯笼的孩子，在后院花园
说听到了皇帝的咳嗽声

2006.3.8

在斜阳西照的傍晚进入一座荒芜的 乡下老房子

我曾见，他们在这里搓绳，在这里打井，在这里
早起磨豆，白白的水浆灌进母猪的咽喉
雨点声掩盖过西厢吃吃的笑声，有闪电
照亮妇人的耳环和窗棂上的木雕
另几个星宿
坐在厅堂上聊天，将竹影翻到另一面
天色显得有用或者无用
鸣虫也像是特意养大的，在看不见的石阶下
第二房媳妇的心事有点窄也有点紧，一头牯牛
以及旧墙中伸出的手
是她经常的幻像，关于在午夜练习飞翔
不敢证实那是自己的身体
如今，一阵风就将这一切吹得空空，这里
留下空宅，几片陈年谷壳
上面有脚印，也许是屋檐前那只石兽，昨晚走动了

2006.5.6

在央视歌手比赛节目听两个羌族
汉子唱醉酒和声

他们坐着始终用食指按住腮帮，害怕声音
会爬上比手指更高的地方，害怕
音乐学院的教授，要走过来拿掉那腮帮上的手指
养在喉咙里的动物，也害怕被谁看见，惊动
他们闭起了眼睛，而一座天上的水库
打开：两缎布匹挂下来，两缎互换颜色的布匹
一会儿大红大紫，一会儿深绿浅绿
两棵大山里的树，叫着对方的名字
一条河向另一条河要到了自己的河床，那细致的小脚
用纯银打造的小脚，不透露工种的小脚
绕过巴山蜀道的一条秘径，甚至一脚浅一脚深，甚至
　毫不讲理
世界在这一刻起风了，世界飘动着
歌剧院这边，血液在减少，歌剧院没看到小脚经历的裂缝
一定有一些小鸟，是来历不明的，一定不活在
我们的空气中，并不吃
世上的粮食，并不听谁的劝告

2006.5.20

散失

在眼前一晃就不见的那棵树，一定不会成为
后来的木板或者家具，你是奔跑的
像母亲，被谁锯掉了，还在
依旧弯进我的身体，问这问那
这是我工作的一大部分：在流失的时间中
修补花罐，收藏闪光划过窗前的颜色，当中有
经典的细节，也无缘无故
把石头搬运回家，也不知它有什么用
我对未婚的少女说到物理中破裂的原理，说模糊学
大象的脚和被我们模拟的瓦片
它们两个同样是气体
不能抓住，而某一天
你又会看到，风有完整的身体，奔跑的马匹反而没有

2007.1.4

答汉家

汉家说边界是不存在的。我赶紧在身体某部位
摸了摸，那东西还在。他说的是写作的命门
远和近。可能性。似是而非的大象。尤其诗歌
无数人摸来摸去，自以为是的事业
那么，虚狂及对自己的信任也是不存在的。尽管
身体在。身体在远处，也不在。除非是
找一块砖头，一下子把自己砸死
这个山西汉子接着说：这才接近清醒
在你自以为是的边界上，你依然会邂逅汽车
还要买一块填充小肚子的馒头
这让我流下了泪水。不单为一个人的远方
更为这，无当的身子。我的白发
再一次被提纯。同时，身上的气味
又掉落下一大块。前天我刚说，诗歌于我
仅剩下，对空而战。可以傻子般无法无天
当中的空，就是这边地。一块举目无亲
让人心慌，又久治不愈的病。汉家站在那里
叱喝着："你无家可归！"其实
那时我已到家。手终于摸到，身体就是最后的
边界。我的马随即被这话惊炸，它四脚腾空
踢着自己的虚无，踩到了汉语，踩到了大悲伤

2013.3.23

夜晚的树

夜晚的树黑而静，因为黑，不知道它究竟有多大
不知道它有的枝干
是不是已经伸过了山岗，那边有另外的风
抚弄着少数的叶，而更多的叶片
依然纹丝不动。"火在别处燃烧
更多的身体是黑的和死的。"在最整肃的秩序里
又落实在自己的寂寥中
它肯定有点痒。有一部分是明媚的，也假装
自由，像我现在的身体
一个角落勃动了，但从头到脚，仍旧黯然与冰凉

2007.4.23

毕加索的肯定

毕加索的肯定在那幅取名叫
《和谐》的画里头。他把金鱼
关进了鸟笼，又在鱼缸中
放入了羽毛很漂亮的小鸟

"你肯定它们的存身是可以这样
置换的吗？""我肯定。"
"你肯定它们中的一个依然
游得很欢畅，而那条金鱼
在鸟笼里同样也有悦耳的幽鸣？"
"我肯定。"

"你肯定它们接下来不会牙疼
身子越来越单薄，在夜里
又想偷偷换回各自的心脏？""我肯定。"
"你肯定在这样的鱼缸里，产下的
还会是鱼籽，而鸟笼中
生出来的照样是鸟蛋？""我肯定。"

"那么，它们是否也早就知道
你所安排的这一切本来是有效的？"
"我肯定。"

2005.6.1

假想敌

住在村西的那个人，是我想象中的敌人
我培养了他爬山登高，不下来，培养他在白云上
呼风唤雨，用语言比大小，说村庄里只住我一人
隔着内心的海洋，我们各自研制导弹
又手摇折扇，装喝茶，瞌睡，作玩物丧志状
有时我故意叫不出他的姓名
事实是不看他就是看他，是石头也是人
他每天用两腿走路，我便想我还有第三只
没有拿出来用，他盼着我赶紧老掉，生病，或者
来车祸，并在自己设立的法庭上
判我终生监禁，不能过夫妻生活，疯掉
我不停地吃补药，咳嗽，也设想他在隔壁
吃下了更多的药，并且是毒药
同时，没有救护车，也不可能有我们这两人的
医院

2009.4.28

空气中的母亲

现在，母亲已什么也不是，母亲只是空气
空的，透明的，荒凉与虚无的
空气中的母亲，不公开，不言语，不责怪
一张与我有关的脸，有时是多的，有时是少的

现在，母亲已什么也不是，母亲只是空气
摸不到，年龄不详，表情摇曳
空气中的母亲，像遗址，像踪迹，像永远的疑问
够不着的母亲，有时是真的，有时是假的

现在，母亲已什么也不是，母亲只是空气
飘着，散着，太阳照着，也被风吹着
空气中的母亲，左边一个，右边也一个
轻轻喊一声，眼前依然是空空的空空的

2006.4.3

研判

我想对自己身体上的一些部件，继续做出评判
列出听话的。与不听话的。向西的。与向东的
为什么，那些长翅膀的器官，依然活跃在空气中
日穷千里，一副汗流浃背的模样，大口大口地喘息
也有的老打瞌睡，至今沉湎于某张雕花的眠床
而另一些命好，擅长享乐，吃得好还嫌不够
不知老之将至，时时想当猛虎，嗅着蔷薇，说天下
因自己而有用。它们只与自己的得失好，不与我好
说我稀于进取，主要是读了几本书，害了自己

2011.2.27

那些灭迹而又复现的动物

1959 年我出生时，非洲中部的俄卡皮鹿却消失了
野生动物雷达装置再没有找到它的踪迹
而我在一座半岛上，被二哥背着上小学报名注册
老师写我姓名时涂改了两次，她的手
有点闪，据说俄卡皮鹿
是介于斑马和长颈鹿的异类，动物学家命名时
为它该偏属马抑或偏属鹿发生过争执
之后，这畜生与我们闹别扭，或与谁偷换过身体
摒弃人类的视线，我也离开了故乡
当兵，跟戏班，练穿墙术，还按需求
与一棵大树接吻，希望多长出一只腿，年迈的母亲
找算命先生测算过我传宗接代的事
五十年后，一些错案被推翻，原因是死人重新出现
监狱里多是蒙面人，医院常对患者植错器官
俄卡皮鹿又大摇大摆现身，像王者归来
同时复活的幽灵有：古巴沟齿鼠，圣诞岛的鼩鼱
所罗门岛狐蝠，澳洲白尾鼠，以及
印度尼西亚的塔劳利齿狐蝠，这些不讲理的家伙
在我将老时，又莫名其妙的出现

2010.10.1

带口信

"有人让我给你带了口信，你是否还活在世上？"
十年后，我一直不敢老去，作为一个有秘密的人
话经常说了一半，又打住
有时还手摸肚皮，对人说我有着金口难开的肚脐眼
大街小巷的无数个黄昏或清晨，人们绕开我的眼神
以为我是便衣，或正在
物色人口，背后的手抓着迷魂药
一生讲信誉的人只好活得不人不鬼，我像个
被下过咒的游荡汉，经常突发奇想
要逮住谁就大声说话
或做蚂蚁潜伏下来，只要你出现
便厉言相斥，告诉你什么是岁月强加给一个人的伤感
如今我越来越老了，越来越抓不住自己
甚至忘了给你口信的内容
如今我反成为一件无人认领的信件，成为这世上
非常可疑的老东西

2010.5.2

我与我的仇人

我与我的仇人写下了契约，今后的春天
所有树木都是他的，我只能顺着这条河
去给一些树根治病，并给遇到的石头
取名，捉出过往白云身上的虫子
如果海那边吹来的是东南风，我只能
继续给树根治病，如果是吹来西北风，尽管这
绝对不可能，我便可以休息两天
但我不能借助春天的鸟写下什么诗歌
也决不可以想到现在英国是什么天气，包括
无聊得学一只公鸡，打鸣。他说
一个热爱春天的人只能是这个命。坚持十年后
他将给我一个惊喜

2005.5

少

请允许我再次减少，甚至剁了手指，用刀劈下去
十个兄弟立即哑口无言
从此后不再忙于搬运，握手，点石成金
或贼头贼脑地对着双手说话
更没有说到做到
老想在空气中抓一把。遥远的星星，已无须提防着我
摘到果子又赶紧藏起来的眼神
我终于
两手空空。不给身体挠痒。也不给人指路。

2008.11.9

停尸房

母亲被推进来后，这里的死人
便有了三个。看来
死者也是团结的，甚至也是
有力量的。私下里
他们可能开始了谈话，寒暄
或者诉苦。其中的一个
眼睛迷迷的，在看某位并不诚实的
哭泣者。隔壁那边是火化炉
火舌们在说着另一种话
我的二姐，一个与世无争的妇女
俯在母亲耳边轻声话别：
"进去后，你要避一避火……"
这句话，其他的死者肯定没有听到
其他死者，也忙着听亲人们的告别
这是诀别时刻，大家都很忙
一个小时后，母亲的骨灰被我捧出来
它是热的，母亲肯定经历了火
也可能，在关键的一刻
她果然避开了

2004.12.18

孤品

每天都感觉自己是件仅剩的瓷器，大家都
不见了，就你留着？崩裂的时刻顷刻就会到来
被摔碎，或自己摔碎，用尖锐一叫
承担什么叫鸡毛一地
相对于悬崖上练倒立的人，在楼顶
测试冷空气的人，梦游中
一头钻进电梯里上上下下的人
我左右不是。对自己的看守永无搭救之手
活在隐隐作痛中，活在一种冲动中
活在一再的把什么丢了丢了丢了的念念有词中

2014.11.15

散乱

秋天，乱，到处都是飞禽，发错地址的邮件
用假身子外出求学的青年，拐着弯
走到别人家门口的老人，血管里的血栓
模糊的某个字与它的坏脾气，蜕皮的大蟒
与准备醒过来的石头
无法掩卷的被人间故事从哪头才能停下来的
一本书，它们都有将错就错的好结局
阳光是不认错的，月光又何尝不是
流水才是我们的亲人，动车又要出发
站台上送人的人说：你走吧，我才是你的天涯

2014.9.3

扔了一首无序的诗歌而留下所遗落的残句

时光有百法致人于一死。我是你们中的无厘头
百足虫，或跑来跑去的一棵树
大块时间用来享乐，更大的时间用来反对
比如同时用七具身体，来印证晨光中
连续的七次日出
还习惯把次序说成狐狸精，用一生来重复
一句话，并把这句话说得仍像第一次说出
在往往复复中，深陷芜杂的叨叨絮絮
而不愿自拔。继续不成样子，真伪难辨，阴晴圆缺
人世上，我说过一次比较好的话：
闭起眼睛继续飞出去，一直飞，假装成无法无天地飞

2012.12.17

要快，还是要慢

印第安土著说过重要的话："我们如果走得太快
就要赶紧停下，让灵魂也跟上来。"
我相反。总是看不住自己的影子
一不小心它就跑到身体外的更远处。我蹲在后面
提鞋。还左看右看，还四下找着什么
远远的，它一副很不情愿的模样
像主人考量着要不要扔下瘸腿的小狗
我成了遗落路边的扣子，面如菜色，绝望
与无救。而影子，自当是合法并正在哼歌的身体
要去做它快乐的事

2012.12.24

岁末，建新西路，过一家整容医院

这是岁末，这是建新西路，这是又一家新开张的
整容医院，一家专门对时间做手脚的机构
要不要进去？要不要换一张脸出来？顿时成了
路过的我，一脚轻一脚重的我，泪流满面的问题
许多许多都用旧了，是的，都很破损。都处在
要不要扔掉的犹豫之间，包括今日与明日，还包括
我的脚。我还活着，有点好，也有点
左右不是。突然有谁推了我一把，突然想跨进去
换一张脸，让自己，再一次去人间

                              2012.12.29

波浪

必须允许有另一座天空之城，一群小狗
正在嗷嗷地叫，一群孩子要跑出来
但最终，还是没有跑出自己的村庄
必须允许，这浩大的香气，很有力量
它们众声喧哗，正与我的文字
争夺声音，必须允许许多虚拟的翅膀
无法平息内心的纷扰，说自己去过
接近我们昨夜梦中的情景，携带着侵略性
但我更愿意说它们是一盆血浆在荡漾
有人正在做俯卧撑，一起一伏
血要从胸腔漫过头顶，并随时将溅出
对，这是血。永远保持着自己的偏见
以血的脾气，自己只听自己的话
又总是听不到自己的话，在潮涌中
一致地倾倒向一边，建立无法说服的立场

2014.3.6

后事

中 国 好 诗

第 一 季

多年前，我在殡仪馆安顿一个人的后事
把他弃之不用的肉身变成了骨灰
再把骨灰装进盒子，做下这些时，他无语
我也无语，并再一次感到
语言到处不能用，并按一张条子
找到那座安放骨灰盒的大房
第几排，第几架，第几号（或者叫位
位子的位，座位的位，或者，床位的位）
我终于说，兄弟，你好了
总算有块不让你左右为难的地盘
就在这享福吧，纠缠的人世再与你无关
他两个未成年的女儿哭着不肯离去
昏暗中，我瞄了瞄周围还有谁
每张遗照都叫无常，却落实，归真
"多么早的死"，是我走进时的痛
而这里，原来还有更早的死
好个回收站，再没有谁是飞禽
或一键还原的邮件，但可以
回过头，想一想那些曾经光鲜的器具
几个女死者，花容依然照人
她们曾是少女，也当过人妻与人母
活着的时候，兴许还凭借心志
选择过冷与热，远与近，亲与疏
自重，自爱，看守着人所不知的癖好
现在，我这个落魄的兄弟来了
与人肩挨着肩，不知有没有他们所说的，冒犯

2014.5.9

打盹的鸟

隐名埋姓的方法是多种的。比如这只
孤自在屋顶上打盹的麻雀，可以叫它释迦牟尼
耶稣，也像我邻家的男孩
坐自家门前，烟囱断炊，屋内没有一个人
如果降落地面，草叶里有谷粒，蚂蚁，小虫
连同我排列在心里的供品，都是它的
此鸟自在，毫无用处地享用着这片晌午
落实到身体深处，也无一可用
因为这个盹，催眠法，迷魂药，射杀术
空想，鸣唱，交欢，或丽影，已一一退避
后脑勺有毒瘤的人，也不知在何处
找到了快乐的事。这晌午
适合阴历。江南。词牌。轻风。若无若有的鼾声

2014.8.13

我就是那个众多的人

我就是那个众多的人，用一个人的身体
正在与你谈话，这个你，就是我
就是头顶的无常，寂静中的烟云，巡夜的哑巴
树木跑来跑去，像一句至今仍无法落实的狠话
在这个房间，又打开了另一个房间的门
相握的手，众所周知，却不相认
我问你是谁？有人则反问今天是哪一天

2014.6.5

拿掉或者充盈

从音响里抽掉低音鼓和第一拍的低音，迪厅内
那些黄头发少年的头，就摇不起来
这等于没收了要想摇第一下的时间
拿掉我抚摸你脸颊的手，你的眼睛会一下子张开
也是音乐，出现了空拍
而草地上根本就没有休止符，还有更大片的树林
都是拿身体强烈呼吸，不借助谁，像大兽
走路，爱走就走，爱停就停
一些诗人年少时就出色了，像一捶定音，像小石头
有棱角，有硬度，也可以放在手里把玩
也有更大的充盈，空寂的，膨胀着时空，慢慢老去
那面岩体，一动不动

2007.6.12

欠条

每写下一首诗，都像是对神说完了
最后一句话。这句话一直了犹未了。我的脾气
都在我的文字里，它们有的是
往年立下的界定，穿墙术，去与不去
有的是对一棵树的借条，认与不认
鬼在咽喉间打圈圈的不吐不快，在人间
又要再一次去人间的迟疑与寂寞
我没有不共戴天的那面天，但一直
自以为是地认为天空是我一个人的
在所有虚度的光阴里，我曾做了件有用的事
在白日里提着灯，走过一座非常繁华的街坊

2015.3.8

在汉诗中国

老天留眼，让我在自己的国度当个草民
让我在两条河流之间，看星星在树梢上摇晃
接受该来就来的雨水，也要和
脚下的蚂蚁说话，一些瓷器依然被我作为气体摆设着
街边，有人排着棋局，然后在一旁抽烟，直至天黑
村西有戏台，看戏的人将自己责难
墙角有花朵，片刻之后，就要放弃对谁的感激
在一切低处的物类中，有小脚不断踩到我
我归顺自己的文字，会写诗
热恋着自己手中的母语，血对上血一般对人说：
"请你闻一闻我身上的香气，汉语散出来的香气。"

2006.6.13

编后：叙述的时间形状
或向复杂的写作致敬

　　写作这件事，一直是值得怀疑的。面对大师业已林立的诗坛，一个人还要写诗，无疑是拿鸡蛋碰石头，拿虚拟的翅膀去与风中大鹏比翼齐飞，有人在地面抬头看了一眼说，这是只什么鸟。

　　写作最终要做的事，就是正在拿手指敲字或拿起笔写字的人对自己说，看看这种文本在自己手上还有哪些可能。拿自己的自以为是当作天大的事。

　　我们做不完的，是如何让在文字可能说出来的问题。

　　叙述具有自己的时间形状。叙述的时间性来自每一个写作者对文字拥有的经纬度，当中分出了来自不同方向的时间点，让叙述者站在多角度用不同的时间说着同一个事物的问题，构成了这个作品在叙述上所形成的时间形状。

　　单一的时间与多重的时间决定了你对打开事物的的态度，它的多维性取决于一个写作者叙述上所采用的时间理念。我们甚至看不清一个诗人应用在一首诗歌里的时间是如何取得的，但我们能看出他在文字里左右开合的自由度，他一会儿处在战国纷争中，一会儿又在另个年代，红与黑，左与右，一块泥巴后来又被捏出了种种的颜色，定神一看，那块泥巴是似是而非的。事物的丰富性同样可以在文字当中变来变去，但呈现的效果揭示了事物内部多出来的意味。

那些复杂的叙述者都堪称文字魔术师，他致使事物招认了自己的可辨性与迷幻性。他拥有多种言说的方式，事物经他重新排列与组合，却又让四处散落的时间点服从于写作意志。这像几个族群的猩猩们在不同地盘上相互盘夺权位，但整片森林遵循的自然秩序并没有被改变。这是一种具有分裂性质的写作，它催发了事物内在隐秘性的多向度呈现，同时也考验着写作者技法上的多与少。写作的意义，情怀，气息，对待世界的宽度，无不在这种复杂的叙述中得到了拷问。

世界是一个故事与多种故事的关系。故事本是最单一的，也是最诡秘的。我们的情怀一再为此所累。情怀是最慢的，却让人永无出头之日地无法追上。我们与古人相比，在情怀上几乎没有多出什么，但又总是因了我们不依不饶的叙述，而又发生了裂变。我们的绝处逢生就来自这种无中生有。来自这种虚实交换。也来自我们在写作中一次又一次对可能与不可能的盘诘。

　　以此，我们必须以谦卑之心无比敬重地向那些具有复杂写作理念的写作者致敬。向那些又将我们带向新说法的伟大作品致敬。他们的难度写作让人间的阅读有了新去向。让我们想象，那孤悬处，一只猛虎是如何嗅着自己心中的蔷薇。

汤养宗

2015 年春节写于古福宁府霞浦

图书在版编目（CIP）数据

去人间／汤养宗著．
—— 北京：中国青年出版社，2015.5（中国好诗）
ISBN 978-7-5153-3390-8-01

Ⅰ．①去… Ⅱ．①汤… Ⅲ．①诗集－中国－当代
Ⅳ．① I227

中国版本图书馆 CIP 数据核字 (2015) 第 126234 号

策划出品：
责任编辑：彭明榜
书籍设计：孙初＋林业

中国青年出版社 出版 发行
社址：北京东四 12 条 21 号
邮政编码：100708
网址：www.cyp.com.cn
编辑部电话：(010) 64011190
印数：3001-5000
北京科信印刷有限公司印刷　　新华书店经销

889mm×1194mm　1/32　9 印张　172 千字
2015 年 8 月北京第 1 版　2018 年 9 月北京第 2 次印刷
定价：50.00 元